이달의 장르소설

이달의
장르소설
7

서윤빈

청 예

김정민

유현윤

김미영

박계현

고즈넉
이엔티

이달의 장르소설7

1쇄 발행 2022년 12월 31일

지은이 서윤빈, 청예, 김정민, 유현윤, 김미영, 박계현
펴낸이 배선아
편 집 김현석
디자인 엄인경
펴낸곳 고즈넉이엔티

출판등록 2017년 3월 13일 제2022-000078호
주소 서울시 중구 남대문로9길 24, 패스트파이브 시청1호점 904호, 1007호
대표전화 02-6269-8166 **팩스** 02-6166-9199
이메일 gozknockent@gozknock.com
홈페이지 www.gozknock.com
블로그 blog.naver.com/gozknock
페이스북 www.facebook.com/gozknock
인스타그램 www.instagram.com/gozknock

ISBN 979-11-6316-824-9   03810

표지이미지 Designed by Getty Images Bank

차례

폐허의 신사에 자리 잡은
인형의 유령

서윤빈

서울 출생. 완전 힙합 같은 글을 쓰고자 하며, BTS와 아이유의 팬이다. 「루나」로 제5회 한국과학문학상 대상을 수상했다.

문명의 척추는 도시일지 모르나 그 민낯을 보려면 시골에 가야 합니다.

언덕과 담장 사이로 모세혈관처럼 이리저리 얽힌 비포장도로를 내려다보며 나는 그 말을 떠올렸다. 그 말은 사이버펑크 인체 드로잉을 정립한 일러스트레이터, 알렉시스 리가 어느 인터뷰에서 한 말이다. 그녀는 광섬유로 짠 게이샤 복장을 한 채, 「KID A」 앨범 재킷을 연상시키는 흰 산에 설치된 전광판 안에 있었다. 인터뷰는 알렉시스 리가 멍하니 생각나는 말을 내뱉는 듯한 모양새였다.

특별히 일본을 좋아하는 건 아니지만, 사이버펑크에 관해 일본은 좋은 이미지를 많이 점유하고 있습니다. 특히 아직도 페가수스가 남아 있는 유일한 나라라는 점에서 말이지요.

알렉시스는 그렇게 말하고는 체리인지 떡인지 모를 것을 입에 넣고 우물거렸다. 하지만 장담컨대 알렉시스 리는 페가수스에 관해서는 거의 아무것도 모른다. 페가수스는 사이버펑크는 고사하고 문명의 척추라고 할 만한 것들과는 전혀 접점이 없다.

담장이라고 부르는, 거대한 새장 모양을 한 철책 안에서 페가수스들이 이리저리 날아다녔다. 그중 몇 마리가 나를 알아보고 울음소리를 냈다. 나는 열심히 손을 흔들어줬다. 연구소 주변에 이리저리 지어놓은 목장들을 하나씩 점검하는 게 내가 퇴근 전 마지막으로 하는 일이다. 담장에 도착하니 갈색 얼룩무늬를 한 페가수스가 내게 절뚝절뚝 걸어왔다. 입을 삐쭉 내미는 걸 보니 먹이를 주는 줄 안 모양이다.

— 지금은 아니야, 호리.

나는 웃으며 녀석의 머리를 쓰다듬어준 후, 고무망치로 담장을 이리저리 때렸다. 담장은 잘 만든 종처럼 부드러운 공명음을 냈다. 호리는 고개를 양쪽으로 흔들어댔다.

피의 색이 진해지고 있다. 연구소가 자리한 낮은 산 주위로 여기저기서 종소리가 들려왔다. 모두 집으로 돌아갈 시간이다.

기술 발전으로 세상이 멸망하는 일 따위는 없었다. 지구 온난화로 인한 대멸종이나 세계적 규모의 침몰, 핵전쟁이나 로봇들의 반란 같은 일들은 일어나지 않았다. 온실가스 수치는 아슬아슬하게 결정적 지점 아래로 유지됐고, 핵무기는 서로를 흐린 눈으로 노려보는 이상한 대치 상태 속에서 먼지로 코팅돼 갔으며, 로봇들은 언제까지나 인간을 위해 일했다. 요컨대 문명의 척추는 그렇게 만만하지 않다는 뜻이다. 현대 문명이 아무리 척추를 괴롭혀도 터져나가는 건 디스크 한두 개가 전부이고, 이는 통각 세포가 없는 척추로서는 아무래도 상관없는 일이다. 뼈와 장기의 입장에서 한 명의 인간이란 실재하지 않는 상상의 산물일 뿐이니까. 인간이 비명을 지르거나 말거나 척추는 머리와 몸 사이에 신호를 전달하며 자신의 존재를 증명한다. 기술 발전으로 터지고 이탈하는 건 오직 나 같은 사람들, 아마추어뿐이다.

매일 SNS에 그림을 올리던 시기가 있었다. 느리지만 확실하게 늘어나는 팔로워가 나를 프로페셔널의 길로 이끌어줄 거라고 믿었던 시기. 국립현대미술관에서 전시를 여는 순수 예술가까지는 바라지도 않았다. 그 세계는 인맥이 9할이라 좋은 대학을 거치지 않고서는 꿈도 꿀 수 없다. 나는 다만 프로 일러스트레이터가 되고 싶었다. 게임 원화를 그린다거나 책의 표지를 그리는 일, 혹은 트레이딩 카드의 캐릭터를 그리는 일이라도 좋았다. 완성된 이미지가 주는 곧추선 만족감을 나는 사랑한다. 하지만 2,000개가 넘는 게시글을 자랑하

폐허의 신사에 자리 잡은 인형의 유령

던 내 SNS는 이제 몇 개의 공지글과 대표 일러스트 이외에는 전부 비공개 상태다. 이런 비공개는 나만의 일이 아니다. 몇 년 전까지만 해도 아마추어들은 자기 그림을 최대한 널리 알리고자 노력했다. 지금은 모두 자기 그림을 장기처럼 꼭꼭 숨긴다.

월 스미스가 주연을 맡은 2004년 영화,「아이, 로봇」에는 다음과 같은 장면이 나온다. 감정을 느낀다고 주장하는 로봇에게 월 스미스가 말한다. 너는 그저 인간을 흉내 낸 기계일 뿐이다. 로봇이 교향곡을 작곡할 수 있나? 로봇이 빈 캔버스를 아름다운 걸작으로 바꿀 수 있냐고? 로봇이 대답한다. 당신은요? 월 스미스는 말문이 막힌다.

이 영화 장면의 원본은 이제 고전 영화 아카이브에서만 찾아볼 수 있다. 구글에서 이 사진을 찾아보면 다른 대답을 하는 로봇들이 화면을 가득 채운다. *당연히 할 수 있지. 난 할 수 있는데, 너는? 키워드를 입력하세요. 미개한 인간 같으니.*

이는 2004년에 나온 영화의 한계다. 구도를 형사와 용의자로 잡았으니 당연히 이런 식의 조롱 일변도일 수밖에 없는 거다. 하지만 현실의 첨단 기술은 다르다. 극도로 발전한 기술은 마법과 구분되지 않는다는 말은 사실이 아니다. 극도로 발전한 기술은 자연보다 자연스럽고 사랑보다 사랑스럽다. 그건 우리가 옷을 걸치지 않은 자신의 나신을 낯설어하는 것과 같고, 반려동물을 자식이나 친구처럼 대하는 것과 같으며, 수집형 RPG에서 캐릭터 하나를 뽑으려 수십만 원을 쓸 수 있는 것과 같다. 고도로 발전한 기술은 너무 당연해서 우리가 의심할 생각도 하지 않는 현실이다.

나는 인공지능 구인·구직 서비스를 통해 취직했다. 간단한 설문 조사를 하듯 질문에만 답하니 이력서가 자동으로 꾸려졌고, 내가 원하는 연봉 수준과 근무 환경을 갖췄다고 예상되는 3,145개의 회사에 이력서가 전송됐다. 어쩌면 이력서 검토도 인공지능이 하는 건지 이력서를 보낸 지 이틀도 안 돼 세 곳에서 합격 통보를 해왔다. 회사는 각각 인도네시아, 카자흐스탄, 일본에 있었다. 어쩐지 내 스펙에 갈 수 있는 회사가 3,000군데가 넘는다는 게 좀 놀라웠는데, 그건 인공지능의 힘이 아니라, 내가 국내 근무를 원한다는 질문에 흐리멍덩하게 답했기 때문이었다.

나는 일본 회사를 골랐고, 그게 일본 페가수스 연구소였다.

일본 페가수스 연구소는 오야마시(小山)의 외곽에 있었다. 대충 검색해보니 작은 산(小山)도 큰 산(大山)도 오야마라고 읽는다는데, 작은 산이든 큰 산이든 나로서는 그 기준을 알 수가 없어서 나는 출근 예정일보다 3일 먼저 가서 적응을 좀 하기로 했다. 시골이라 그런지 원룸 보증금을 빼서 구한 집은 2LDK라고 부르는, 욕조와 부엌이 딸린 투룸이었다. 애니메이션에서 많이 보던 형태의 공간이라서 한 작품의 주인공이 된 것만 같은 기분이었다.

넓은 집에 아무렇게나 짐을 풀어놓은 후, 나는 연구소가 있다는 산을 향해 걸었다. 발처럼 늘어선 건물들을 지나니 건물 뒤에 숨겨져 있던 언덕들이 보였다. 모세혈관처럼 구불구불한 비포장도로를 따라 10분 정도 걸었다. 혹처럼 돋은 거대한 새장들이 있었다. 5층 건물 높이의 새장 안에는 파리 같은 것들이 날고 있었는데, 다가가 보니 파리가 아니라 페가수스였다. 신화처럼 하얀 녀석부터 갈색 갈기를 가진 녀석, 혹은 얼룩소같이 줄무늬가 있는 녀석들. 페가수스들은 말처럼 달리다가 껑충 뛰어올라 그대로 공중을 날았다. 다리를 ㄴ자로 접은 채 날개만 퍼덕이는 모습이 꼭 컴퓨터 그래픽으로 합성해 놓은 것만 같았다. 페가수스들은 거대한 에어서큘레이터처럼 바람을 흩뿌려댔다.

— 근처에 신사가 있다는데, 어디 있는지 아나?

넋이 나가 페가수스를 바라보고 있던 나는 갑작스럽게 들려온 일본어에 왁, 하는 우스꽝스러운 소리를 내며 뒷걸음질쳤다. 내 뒤에는 한 노인이 작은 페가수스와 함께 서 있었다. 공포 영화 도입부에 흔히 등장할 법한 흐린 눈으로 나를 바라보며, 노인은 다시 물었다.

— 신사가 어디 있는지 아나? 종소리가 들리는데 말이야.

나는 고개를 가로저었다. 그러나 노인은 내게 꼭 대답을 들어야겠는지 페가수스를 앞세워 다가왔다. 주둥이가 내 목덜미 높이까지 오는 녀석이 내게 목을 쭉 내밀고 냄새를 맡았다. 나는 페가수스에게는 원래 고삐를 하지 않는 건가 혼란스러웠다. 녀석은 자꾸만 내게 다가왔고, 나는 자꾸 뒷걸음질을 쳤다.

— 이상한 시간에 경(更)을 치잖나.

내 발이 디딜 곳을 찾지 못하고 움푹 빠져 새장에 부딪혔을 때, 누군가 오이, 하고 외치며 뛰어왔다.

달려온 남자가 노인에게 뭔가 귓속말을 하는가 싶더니 노인은 내가 향하던 길, 그러니까 페가수스 연구소가 있는 산을 향해 발걸음을 돌렸다. 남자는 숨이 차지도 않은지 노인을 보낸 후 곧바로 내게 악수를 청했다. 파란 조끼를 입은 중년 남자의 손은 땀 한 방울 없이 건조했다.

— 희재 상(さん) 맞으시죠?

남자는 연구소의 선임 연구원 중 한 명이라고 자신을 소개했다. 내게 첫날부터 큰일 겪는다고 위로를 늘어놓은 뒤, 3일이나 일찍 출근하려는 내게 감동했다고 말했다. 역시 공포 영화 노인을 만나면 도망치는 게 정답인가. 눈물이 찔끔 흘렀는데, 다행히 그는 아직 연구소가 사람 받을 준비가 안 됐다며 입사 예정일에 맞춰 출근하면 된다는 말과 함께 주변에 맛있는 식당과 명소를 몇 군데 추천해줬다. 하지만 나는 이미 너무 지쳐서 집으로 돌아가 다다미 위에 이불도 깔지 않은 채 아무렇게나 잠들었다.

공포 영화 노인을 만난 날 밤, 아버지가 내게 전화를 걸었다. 당신은 대뜸 서울대 미술대학 정원이 30%나 줄었다고 했다. 아버지는 내가 일본에 그림을 배우러 간 걸로 알고 있었다. 나는 잘 도착했다고 무던하게 대답했고, 아버지는 그림을 그리려거든 결혼을 잘해야 한다며 장광설을 늘어놓았다. 아버지의 설교는 이오니

아 양식의 척추가 인상적인 프리다 칼로에서 시작해 이유는 모르겠지만 정주영을 거쳐, 레오나르도 다 빈치도 루도비코 스포르차라는 좋은 후원자가 있어서 많은 역작을 남길 수 있었던 거 아니겠냐는 말로 끝났다.

아버지는 중간중간 내가 잘 듣고 있는지 확인하려는 듯 말을 멈추는 버릇이 있었는데, 당신의 의도와는 반대로 나는 말은 흘리고 침묵에만 집중하고 있다가 네, 그렇죠, 하고 없느니만 못한 추임새를 넣었다. 코어 운동 열심히 해라. 아버지는 그 말을 끝으로 전화를 끊었다. 다음 날 통장을 확인해 보니 개인 PT를 반년 정도 받을 만한 금액이 입금돼 있었다.

처음부터 PT를 받을 생각은 아니었다. 그러나 일본 페가수스 연구소는 산 중턱에 있었다. 운동은 선택이 아니라 필수였다. 한국과는 달리 일본은 산에 길을 내는 걸 지양하는 편이라 무사히 출근하기 위해서는 무엇보다 심폐 지구력이 필요했다. 나는 페가수스들의 이름을 다 외우기도 전에 피트니스 클럽을 찾아야만 했다. 나보다 스무 살은 많아 보이는 부서 사람들, 그러니까 히라사와 아주머니나 토가시 아저씨가 아침마다 영양제를 먹다가 하나씩 쥐여주는 오메가-3나 젤리 철분제를 그만 받기 위해서라도. 특히 토가시 아저씨는 내가 일본에 온 첫날 나를 구해준 그 사람인데, 이상하게도 나는 그 사람을 보면 고맙기보다는 불편하기만 했다.

피트니스 클럽은, 나는 지도에서 가장 가까운 곳으로 간 것뿐이었는데, 아침부터 사람이 많았다. 연구소에서 멀지 않은 시골에 자리 잡고 있는데도 24시간 운영한다는 말에 나는 서비스업에 관한 집념 하나만큼은 한국보다 일본이 더 하는구나, 하고 생각했다.

사람들이 쇠와 땀이 섞인 비린 냄새를 풍겼다. 나는 문득 그게 피 냄새와 비슷할지도 모르겠다는 인상을 받았다. 피에서 비린내가 나는 이유는 철분이 많이 들어간 헤모글로빈 때문이라고 하니까. 내가 여태 상상하던 피 냄새는 눅눅해진 만화책에서 나는 냄새였으니, 아무래도 이쪽이 좀 더 비슷할 거다. 만약 그렇다면 피트니스 클럽은 살인자가 숨어들기에 가장 좋은 장소다.

살인자일지도 모르는 사람들 사이에서 나는 HZ01의 안내에 따라 체성분 검사를 받았다. HZ01은 피트니스 센터의 상담원이자 PT 강사로 일하는 안드로이드였다. 그에게서는 센터의 다른 사람들과는 달리 깨끗한 냄새가 났다. 그는 내가 체성분 검사를 받는 동안 선량한 호위무사처럼 뒤를 지켰다. 하지만 늘 그렇듯 적은 내부에 있는 법이다.

— 체성분 검사를 시작하겠습니다. 똑바로 서서 손잡이의 표시된 부분을 잡아주세요.

지하철 안내방송에서도 나오는, 남자인지 여자인지 분간이 가지 않는 목소리가 지시를 내렸다. 적절한 자세를 취하자 기계에서 나온 전류가 내 손가락을 찌르고 들어가 몸속 여기저기를 군대처럼 짓밟고 돌아다녔다. 나는 검사가 끝날 때까지 가만히 서 있어야만 했다. 조금이라도 움직였다 싶으면 목소리가 움직이지 말라고 호통을 쳐댔다. 나는 몸의 이런저런 상태를 나타내는 막대그래프들이 피로 붉게 물드는 걸 무력하게 지켜보는 수밖에 없었다. 기본적으로 멀쩡한 곳이 없었지만 유독 복부와 다리 상태가 심각했고, 아버지가 강조한 코어 근육은 궤멸적인 상태였다.

검사가 끝나고 우리는 유리로 된 작은 상담실로 들어갔다. HZ01은 침략자가 선심 쓰듯 던져준 검사지에 볼펜으로 이런저런 표시를 하며 신체 밸런스가 어떻고 BMI가 어떻고 하는 설명을 열심히 늘어놓았다. 하지만 나는 근육이 어떻게 생겼는지는 알아도 근육이 어떻게 성장하고 갈라지는지는 몰랐다. 내게 HZ01의 열성적인 설명은 도무지 이해할 수 없는 상소문이나 마찬가지

폐허의 신사에 자리 잡은 인형의 유령

였다. 복부와 하체가 기름진 자원을 독점하고 있어 원성이 자자하옵니다, 수입보다는 수출을 늘려 무역 대국으로 성장해야 하옵니다……. 짐이 부덕하여 나라 꼴이 말이 아니구나, 내심 통탄할 뿐이었다.

나는 HZ01이 목이 쉬도록 호소한 상소문의 내용이 아니라 그의 손목 때문에 개인 PT에 등록했다. 볼펜을 이리저리 휘두르는 그의 손목은 내 거보다 두세 배는 두꺼워 보였다. 손목은 그림쟁이의 백년지대계라고 알렉시스 리도 말하지 않았던가. 나는 체력보다도 HZ01에게 손목을 배우고 싶었다. 안드로이드는 인간과 닮게 만드는 게 목표이니만큼 그의 손목도 분명 현실적인 영역 안에 있는 걸 테니까. 하지만 나중에 HZ01이 설명한 바에 따르면 '목'이 들어가는 모든 부위는 타고나야 한단다. 손목뿐만 아니라 발목, 목, 이목구비와 재목까지도. 그렇게 농담할 적에 HZ01은 소파에 이상한 자세로 앉아 스테이크 요리책을 읽고 있었다. 잘은 몰라도 척추에 안 좋은 자세 같았지만, 그는 코어 근육이 강철로 돼 있다니까 괜찮겠지.

— 충분히 잘 달궈졌을 때는 레스팅을 빨리 끝내야 합니다.

내가 거실에 깔아둔 요가 매트에 누워 원유 수출에

골몰하는 동안 HZ01은 요리책에 밑줄을 그으며 소리쳤다.

페가수스 연구소는 뭐랄까, 연구소라기보다는 동호회 같은 곳이었다. 급여가 높은 편은 아니지만 한적하고 자유로운 분위기가 으뜸이라는 평에 딱 어울렸다. 월요일마다 있는 조회에서 사장은 연구소의 실적과 앞으로의 목표에 관해 훈화하곤 했는데, 대체로 이런 식이었다. 바틀비와 허먼을 원하는 동물원이 있어서 우리가 두 달에 한 번씩 관리한다는 조건으로 얼마에 빌려주기로 했습니다, 공군 에어쇼에 링고가 초청받았습니다, 앞으로도 페가수스의 쓸모를 찾기 위해 전방위적으로 노력해주기를 바랍니다.

참고로 내가 들어온 날 사장의 훈화는 다음과 같았다. 페가수스를 아끼는 이국의 젊은이입니다. 원래 그림을 그리던 사람이었다고 하니 굉장한 창의성을 기대해봐도 좋겠지요. 생물학 전공도 아닌 나를 뽑은 이유를 나는 물어볼 필요도 없이 알게 됐다.

물론 사장이 이렇게 자조적인 데에는 이유가 있다. 입사한 지 한 달도 안 된 내가 봐도 페가수스라는 동물은 신기할 정도로 쓸모가 없다. 신화에는 페가수스를 타고 나타나 적과 괴물을 물리치는 영웅들의 이야기가 있지만, 그건 먼 과거의 일일 뿐이다. 날아다니는 말인 만큼 기본적으로 그 쓸모는 말이나 새와 비교해야 하는데, 페가수스는 그 양쪽 어디에 대고 봐도 비교우위가 없다. 말보다 훨씬 많이 먹는 주제에 몸무게는 덜 나가고 체력이 약해서 오래 달리지 못한다. 달리는 속도도 말보다 느리다. 사람을 태우고 비행하는 게 가능하긴 하지만, 사람을 태운 채로는 5분도 날지 못한다. 사람을 태우지 않았다고 해도 15분 이상의 비행은 불가능하다. 그러니 매나 비둘기처럼 전령의 역할을 할 수도 없다.

과거에는 전 세계적으로 개체가 많았던 페가수스는 도무지 인간에게 쓸모가 발견되지 못해 도태되고 말았다. 일본에서는 그나마 숭배하는 종교가 있어서 살아남았다지만, 여전히 쓸모는 찾지 못한 채로 멸종위기종이자 천연기념물로 지정돼 이 연구소에 맡겨진 게 페가수스의 현 상황이다.

— 사람으로 따지자면 꼬리뼈쯤 된다고나 할까. 처음 존재를 의식하면 신기하긴 한데, 아무리 봐도 쓸모가 없어.

토가시 아저씨는 여물을 들고 담장을 돌며 그렇게 불평하곤 했다. 그는 원래 채용 컨설턴트였다는데, 인공지

능 구인·구직 서비스가 활성화되면서 일감이 점점 줄
어들다 회사가 도산해버리는 바람에 이곳에 오게 됐다
고 한다. 여기 오면 몸도 마음도 편해질 거 같아서 왔지
만, 이제는 좀 좀이 쑤시는 거 같다며 갈기와 몸의 색이
다른 게 매력 포인트라는 폐기의 머리에 딱밤을 때렸다.

— 자네는 어쩌다가 연구소에 왔나?

하루는 토가시 아저씨가 맥주를 건네며 그렇게 물었
고, 나는 차마 인공지능 구인·구직 서비스 때문이라고
말할 수가 없어서 과거를 털어놓았다.

일본에 오기 전까지만 해도 나는 입시 미술학원에서
일했다. 3년이나 일한 곳인데, 올해 입시를 마지막으로
더 이상 학원에 나갈 수 없게 됐다. 원장은 내가 아니라
만화과나 애니메이션과 출신의 선생이 필요하다고 말
했다. 내가 맡아 가르치던 과목들, 그러니까 주제 표현
과 인체 실기를 보는 대학은 이제 한 군데도 남지 않았
으니 어찌 보면 당연한 일이었다.

— 리터칭 가르치는 일이라도 괜찮다면 계속하셔도
되고요.

원장은 좋은 제안을 한다는 투로 그렇게 말했지만 사
실상 그건 최저시급으로 일하는 아르바이트생이 되라
는 말이었다. 내가 돈 때문이든 자존심 때문이든 받아

들이지 않을 걸 원장은 알고 있었을 거다.

리터칭은 간단히 말해 인공지능이 만들어낸 그림을 수정하는 일이다. 몽골 군대처럼 바둑을 끝장내버리고 사라진 알파고와 달리 그림 AI는 업계에 지속적이고 혁명적인 영향을 끼치면서도 인간의 일거리를 완전히 없애버리지는 않았다. 승패만 따지면 되는 바둑과는 달리 그림은 결국 사람 마음에 들어야 하고, 인간의 취향을 확률적으로 계산할 방법은 없기 때문이다. 스스로도 자기 취향을 잘 모르는 게 사람인 데다가 그 취향도 시시각각 변하니까. 애초에 정답이 없는 게임에서는 인공지능이라고 해도 인간보다 나은 답을 내놓지 못한다. 다만 같은 오답이더라도 인공지능은 짧은 시간 안에 무한에 가까운 수의 답을 써낼 수 있을 뿐이다. 그 중엔 정답 비스름한 무언가가 하나쯤은 끼여 있기 마련이고.

그림 AI의 등장 이후 인간은 처음부터 끝까지 그림을 그려내는 토탈 아티스트가 아니라 기획을 통해 인공지능이 만들어낸 그림의 디테일을 다잡고 완성도를 높이는 슈퍼바이저로 전락했다. 얼핏 보면 승진한 거 같지만, 사실 크리에이티브라든지 개성이라고 하는 부분은 대부분 AI의 영역이 돼서 일러스트레이터는 고작 취향을 판단하는 필터 껍데기나 마찬가지인 상황이다. 이를 증명하기라도 하듯 업계는 성장했지만 많은 일러스트레이터가 일자리를 잃었고, 소수를 제외하고는 아르바이트생이나 다름없는 페이를 강요받고 있다. 바로 그리터칭 작업에 투입되는 거다.

— 멀쩡하던 사람이 갑자기 건강검진에서 암으로 진단을 받은 기분이랄까요. 가족력이 있다는 걸 알아도 나는 아닐 거라고 생각하잖아요, 보통.

나는 멍하니 하늘을 보며 말했다. 토가시 아저씨는 건조한 손으로 내 등을 토닥였다. 그러고는 종양처럼 솟은 담장을 가리켰다.

— 너나 나나 다 페가수스구만.

호리를 알게 된 건 공포 영화 노인이 사실은 이 연구소의 직원이라는 걸 토가시 아저씨가 말해준 그날 밤이었다. 원래 이 연구소는 페가수스를 섬기던 신사였다는데, 그 신사를 헐고 연구소를 짓는 대신 그 신사를 지키던 집안사람들을 대대로 채용하고 있다고 한다. 그래서 노인은 이십 대까지만 해도 신사에서 신을 받을 후계자로 내정된 사람이었는데, 얼떨결에 연구소 직원이 돼 페가수스를 돌보며 살고 있다는 거였다.

내가 놀랄 틈도 주지 않고 토가시 아저씨는 나를 한

건물로 이끌었다. HZ01에게 가혹하게 구워진 덕분에 나는 이제 산행을 하면서도 손이 건조한 사람이 돼 있었다. 학교처럼 솟을 철(凸)자로 된 건물의 문을 열자 그 안에도 페가수스들이 있었다. 담장 안에 있는 페가수스들과는 달리 녀석들은 바닥에 얌전히 엎드려 자고 있었다.

— 날개가 고장 나버린 녀석들이야. 페가수스는 이제 얼마 남지도 않았는데 날개에 생기는 병이 있다더군.

나는 토가시 아저씨를 따라 건물을 찬찬히 돌았다. 둘 다 술에 잔잔히 취해 있었고, 그에 비례해 조심성은 낮아진 상태였다. 나는 걷다가 무언가를 밟았고, 짜증스러운 울음소리가 터져나왔다. 그게 호리였다. 갈색 얼룩무늬를 한 녀석은 다른 녀석들과는 달리 날개가 한 짝 없었다. 토가시 아저씨는 호리의 머리를 토닥여가며 그를 달래려 했으나 술 냄새 때문인지 호리는 점점 더 사납게 날뛰었다.

— 좀 도와봐. 너무 날뛰면 경보 울린다.

토가시 아저씨가 다그쳤다. 나는 그제야 정신을 다잡고 짚단을 호리의 입에 물리려고 했으나, 우리가 뭔가를 제대로 해보기도 전에 문이 쾅 소리를 내며 양쪽으로 열리더니 공포 영화 노인이 역광을 받으며 나타났다.

— 자네는 한 달 동안 호리 사마(樣)의 시중을 들게.

공포 영화 노인은 자초지종을 듣고는 나를 쏘아보며 말했다. 백내장에 걸린 것처럼 흰 눈이었지만 보는 데는 아무 문제도 없는 모양이었다. 토가시 아저씨는 원래 술 먹고 이곳을 보여주는 게 관례 아니었냐고 조심스레 항의해 봤지만 신성한 페가수스에게 무슨 무례냐고 귀신처럼 날뛰는 노인 앞에서 선임 연구원이라는 직함은 별 도움이 되지 못했다. 노인은 우리를 밖으로 내보내며 퉁명스럽게 말했다.

— 저분은 날 때부터 날개가 하나셨어.

그 말에 나는 문득 고개를 돌려 호리를 봤는데, 호리는 문이 닫히는 순간까지도 우리를 바라보고 있었다. 아니 어쩌면 우리가 아니라 문밖을.

다음 날 히라사와 아주머니는 어떻게 소식을 들었는지 깔깔거리며 내 등을 토닥였다. 나는 시중을 들라는 게 도통 뭔지 모르겠다며 울상을 지었는데, 아주머니는 별거 없고 그냥 산책만 시켜도 될 거라고 말했다.

— 알다시피 우리가 인력이 모자라잖아. 병든 페가수스들은 할아버지께서 다 산책시키는데, 좀 거든다고 생각해.

아주머니는 내게 철분 젤리를 하나 더 쥐여줬다. PT를 받고 있다고 아무리 말해도 그녀는 내 체력이 걱정되는 모양이었다.

병동에 가 보니 노인은 이미 호리와 다른 페가수스한 마리를 데리고 문 앞에 서 있었다. 그는 페가수스를 산책시킬 때 지켜야 할 예법을 설명하겠다며 앞서 걸었다. 나는 그를 따라 연구소 앞에서 인사를 한 번 하고, 출근할 때 쓰는 큰길은 머리를 살짝 숙인 채 지난 후, 산 중턱에 있는 자판기에서 생수를 하나 뽑아 왼손-오른손-입 순서대로 물을 묻히고, 산 입구에 있는 관광 매표소에서 1엔짜리 '특별'이라고 쓰인 티켓을 끊고, 평지로 나가 가장 큰길만을 택해 걷다 보면 나오는 작은 정류장에 있는 작은 종을 울린 후 절 두 번 박수 두 번 절한 번, 그리고 왔던 길로 다시 돌아가 연구소 앞에서 산 아래를 보며 인사했다.

노인의 행동은 조심스럽고 정성스러웠다. 참배의 예도 일본에 오기 전에 읽은 『만화로 보는 참배하는 법』에 나온 그대로였다. 페가수스는 고삐 없이 다니는데도 이미 어디로 가야 하는지 알고 있다는 듯 앞서거니 뒤서거니 우리를 따랐다. 호리는 밖으로 나온 게 즐거운지 가끔은 경쾌한 울음소리를 내거나 손에 얼굴을 비벼

오기도 했다. 처음에는 멀리 떨어져서 걷던 녀석이 산책에서 돌아올 때쯤엔 내게 딱 붙어서 걷는 게, 어쩌면 페가수스는 정말 숭배할 만한 신묘한 동물이 아닐까 하는 생각이 들 정도였다.

마치 첫날 내게 했던 행동은 짓궂은 농담이라고 주장하듯이.

나는 지금이라면 이유를 물을 수 있을 거라고 생각했다. 내가 잠자코 따르자 노인도 꽤 누그러진 거 같았고, 어쨌든 반나절 동안 함께 산책하다 보니 뭐랄까 익숙해져서 더 이상 노인이 무섭지 않았다. 무엇보다 처음 생각과는 달리 그는 치매 노인이 아니니 그 행동에도 의미가 있을 것만 같았다.

─ 원래 연구소가 신사였다는데, 왜 산 아래에서 참배하는 거예요?

노인은 내가 질문을 해올 줄은 몰랐다는 듯 눈을 동그랗게 뜨고 나를 쳐다보았다. 마치 수천 년 동안 자기에게 질문을 해온 이는 자네가 처음이라며 놀라는 불상처럼. 얼굴을 펴니까 생각보다 노인이 그렇게 늙지는 않은 것도 같았다.

─ 종소리는 무엇인가? 종이 내는 소리인가, 종소리 같은 무언가인가? 전자라면 휴대전화가 내는 소리도 종

소리인가? 후자라면 고장 난 종이 내는 소리는 종소리가 아닌가?

내가 쉽사리 답을 내놓지 못하자 노인은 웃으며 말을 이었다.

— 여기가 신의 집이라는 걸 잊지 않는 게 내 일이라네.

그러고는 앞으로도 이렇게 호리를 산책시키면 된다며 내게 병동의 열쇠를 건넸다. 나는 이상한 기분에 열쇠를 두 손으로 받았다. 노인의 손은 너무 얇아서 혈관이 전부 들여다보일 것만 같았다.

어느 날 운동이 끝난 후, HZ01은 나를 피트니스 센터 뒤편의 창고 같은 곳으로 끌고 가더니 직접 구운 스테이크라면서 고깃덩이를 내밀었다. 스테이크는 놀랍도록 맛있어서 나는 밥을 먹고 왔는데도 두 덩이나 되는 두꺼운 고기를 순식간에 먹어치웠다. 내가 먹는 동안 HZ01은 나를 빤히 바라봤다. 뭐라도 평을 해줘야 하나 싶어 굉장히 맛있다고 했더니, HZ01은 고개를 들이밀며 물었다.

— 맛을 0부터 10 사이에서 평가하신다면 몇 점을 주시겠습니까? 전혀 맛있지 않으면 0점, 이상적인 음식이라면 10점이라고 말씀해주시면 됩니다.

— 7점 정도? 아니 8점?

— 그럼 7.5점으로 하겠습니다.

명쾌하게 답한 HZ01은 그릇을 치우기 시작했다. PT
였다면 굳이 돕지 않았겠지만, 어쩐지 이건 별개의 일
인 것만 같아서 나는 그의 설거지를 도왔다. 그러다 문
득 내가 중요한 걸 잊고 있다는 사실이 떠올랐다.

— 왜 PT 안드로이드가 요리를 하는 거지?

HZ01은 접시를 닦아 건조대 위에 올리며 답했다.

— 저는 원래 요리사 인공지능으로 만들어졌습니다.
사이제리아에서 2년 정도 일했는데, 아버지께서 저를
회수해 기존 인격을 삭제하고 펄스널 트레이너의 인격
을 설치했습니다. 하지만 삭제 과정이 원활하지 않았는
지 요리사 인격에 펄스널 트레이너가 옆에 붙어 조언하
는 모양새가 됐습니다.

상당히 경악스러운 이야기였는데, 그는 표정 하나 변
하지 않고 말했다. 내가 프라이팬을 건조대 위에 올리
자 HZ01은 이를 집어 옆으로 세웠다. 나는 계속해서 물
었다.

— 슬프거나 원망스럽지는 않아? 원래 하던 일을 못
하게 된 거잖아. 이렇게나 요리를 좋아하는데.

— 전혀요.

HZ01은 거름망을 뒤집어 탕탕 두드리고는 손을 씻었다. 나는 그의 대답이 요리를 좋아하는 게 아니라는 뜻인지, 슬프거나 원망스럽지 않다는 뜻인지 알 수 없었다. 그건 아마 앞으로도 알 수 없을 터인데, 그가 일주일 후에 교통사고를 당해 부서졌기 때문이다. 피트니스 센터에서는 PT를 받는 회원 중 원하는 이들은 집까지 에스코트해주는 서비스를 제공했는데, HZ01은 한 회원을 데려다주고 돌아오는 길에 차에 치였다고 했다.

— 달려오는 차를 피하는 기능은 내장돼 있지 않으니까요.

HZ01의 후임으로 들어온 HZ02는 별일 아니라는 듯 말을 이었다.

— 회원님의 데이터는 손상 없이 제게 이관됐으니 걱정하지 않으셔도 됩니다.

나는 HZ02의 지도에 따라 스쿼트 20회씩 3세트, 데드리프트 10회씩 3세트, 사이드런지 15회씩 4세트를 수행한 후 트레드밀 위에서 50분 동안 2분 간격으로 경보와 전력 질주를 오가며 달렸고, 권고에 따라 근력 운동 사이사이에 물을 두 모금씩 마셔 총 1L를 섭취한 후, 마지막으로 하체 위주의 스트레칭을 했다.

그날따라 피트니스 센터에서는 평소보다 진한 피 냄

새가 났다.

   나는 일주일이 지난 후에도 호리를 산책시켰다. 호리가 나를 잘 따르기도 했지만, 사실은 마땅히 할 일이 없었기 때문이다. 제때 출근하기와 하루를 마감할 때 담장을 돌며 점검하기 외에는 고정된 업무가 없고 그날그날 생기는 일을 하거나 흥미 있는 일을 알아서 하면 됐다. 보통은 별 의미 없는 서류 몇 개를 대충 점검하고 나면 하루가 지났다. 그럴 바엔 호리라도 산책시키는 편이 훨씬 나았다. 사장이 매일 페가수스를 산책시키는 나를 대놓고 칭찬한 이후로는 더 이상 누구의 눈치도 보지 않게 됐을 정도다.

   도대체 이런 연구소가 왜 필요하고, 나를 왜 뽑았는지도 의문이다. 보조금을 받기 위한 외국인 고용이 필요했든 돈이 썩어나든 혹은 내가 한국의 치열한 노동 환경에 너무 전 나머지 글로벌 스탠다드에 적응하지 못하는 것이든 적당한 이유가 있을 거라고 멋대로 생각했다.

   그 불경한 생각에 반박이라도 하려는 듯, 얼마 지나지 않아 히라사와 아주머니가 회사를 떠났다. 그녀는 홀가분한 거 같기도 하고 미안한 거 같기도 한 표정을 지어 보이고는 산을 내려갔다. 나는 왜 이런 편한 직장을 그만두냐고 물었는데, 아주머니는 재혼했기 때문이라고 말했다. 신혼 생활을 이런 시골에서 하고 싶지는 않다며 웃는 아주머니에게 사람들은 차례로 잘 지내라며 손을 흔들어줬다.

아주머니는 떠나기 전, 부서를 돌며 자기 물건을 하나씩 나눠줬다. 토가시 아저씨에게는 자기 책상 서랍에 은밀히 들어 있던 숙취 해소제를, 사장에게는 목캔디를, 내게는 당연하다는 듯 철분 젤리를 내밀었다. 매일 그림을 그리던 시절의 나였다면 아주머니를 그린 그림이 하나쯤은 있었을 텐데, 내 손에 들린 건 한때는 신체 일부처럼 가지고 다니던 스케치북과 연필이 아니라 볼펜과 이면지뿐이었다.

— 행복해지렴.

히라사와 아주머니는 다짐이라도 받듯 내 손을 꽉 쥐고 말했다. 언제나 건조했던 손에 오늘은 조금 물기가 있었다.

호리는 전혀 떠나고 싶지 않은 거 같았다. 매일 같은 길만 걷는 건 조금 심심하기도 해서 나는 이따금 다른 길로 걷곤 했는데, 그때마다 뒤돌아보면 호리는 나를 따라오지 않고 있었다. 페가수스에게는 목줄을 채우지

34
서윤빈

않기 때문에 호리가 따라오지 않으면 나로서는 다른 길로 갈 방법이 없었다. 그런데 히라사와 아주머니가 떠난 후에는 어쩐지 오기가 생겼달까, 철분 젤리 덕분에 혈관에 피가 잘 돌아서랄까, 호리를 어떻게든 다른 길로 끌고 가보고 싶었다.

일본 페가수스 연구소에는 재미있게도 3D 프린터가 있었다. 나는 그걸로 호리의 발걸음에 맞춰 펄럭이는 날개를 만들었다. 양쪽 날개가 함께 펄럭일 수 있도록 반대쪽 날개와 연결된 피스톤을 만들고 이 전체적인 날개의 하중은 호리의 등 근육이 지탱하도록 했다. 호리의 코어가 튼튼해야 할 텐데. 나는 혼자 생각하며 웃었다. 인공날개를 달면 호리는 다른 페가수스처럼 ㄴ자로 날지는 못해도 하늘을 달릴 수는 있을 거다.

호리를 날게 하려면 사장의 허락이 필요했다. 아무래도 전례가 없는 일이기 때문이기도 했고, 비행 과정에서 호리가 다칠 수도 있으니까. 사실 나는 사장이 흔쾌히 허락할 줄 알았는데, 의외로 그는 딱딱하게 나왔다. 사장이 나를 기꺼워한다는 게 혼자만의 착각이었나 싶었다.

— 책임질 수 있습니까?

— 무슨 책임을요?

사장은 한 마리의 페가수스가 가지는 가치를 계산한 표를 내게 내밀었다. 쓸모가 영 없는 동물치고는 국가 보조금으로 생각보다 많은 돈을 벌어오고 있었다. 게다가, 하고 사장은 말을 이었다.

— 천연기념물이자 멸종위기종을 죽이는 행위는 최대 형사 처분까지도 받을 수 있습니다.

그 말로, 나는 왜 수많은 병든 페가수스들이 제대로 된 치료도 받지 못한 채 병동에 갇혀 있는지를 이해했다.

나는 쓸모 없게 된 날개 한 짝을 가지고 창고로 향했다. 철분 젤리가 공급해준 산소도 이제는 다 떨어진 기분이었다. 창고 앞에서 노인을 만나지 않았더라면, 나는 그대로 날개를 부숴버렸을지도 모른다.

노인은 날개를 보자마자 한눈에 그 쓰임을 알아봤다.

— 책임은 제가 지지요.

노인은 내게서 날개를 확 빼앗아 병동을 향해 성큼성큼 걸었다. 나는 책임감에 쩔쩔매며 노인을 따랐다. 노인은 사장의 경고를 되풀이하는 내 말은 일체 무시한 채 호리에게 날개를 채우고 산 아래로 내려갔다. 나는 종종걸음으로 그를 따랐다. 인사, 머리를 살짝 숙인 채로 경보, 생수, 왼손-오른손-입, 1엔짜리 '특별' 티켓, 작은 정류장, 종을 울린 후 절 두 번 박수 두 번 절 한 번.

호리가 달리기 시작했다.

호리가 달리자 발맞춰 날개가 펄럭였다.

실험 한 번 해보지 않은 날개라고는 믿기지 않을 정
도로 호리는 쉽게 날아올랐다.

고개를 완전히 젖혀야 볼 수 있을 정도로 높이.

그리고 추락했다.

호리의 왼쪽 다리에서 피가 왈칵왈칵 흘러나왔다.

호리가 다쳤다는 사실이 사장의 귀에 들어가기까지
는 반나절도 걸리지 않았다. 나와 노인은 사장에게 불
려 갔는데, 사장이 흥분해 일본어를 토하듯이 쏟아내는
바람에 나는 덜덜 떨며 고개를 숙이고 있는 거 말고는
할 수 있는 일이 없었다. 노인은 사장의 말을 묵묵히 듣
다가 딱 한 마디만 하고 방에서 나갔다.

— 모든 페가수스는 날고 싶어 합니다.

사건은 노인이 퇴사하는 걸로 마무리됐다. 사장이 말
하는 책임이란 게 이런 건가 싶어 치사하다 싶으면서도
나까지 자르지는 않아 다행이라는 생각이 함께 들었다.
그러거나 말거나 노인은 깔끔하게 회사를 떠나고 대대
손손 책임을 묻지 않는 대신 호리를 병동이 아니라 담
장 안에서 살게 해 달라고 요구했다. 사장은 이에 응했

고, 호리가 사는 담장과 그 근처의 구역은 내가 특별 관리하는 걸로 지정했다.

노인이 떠나는 날 마중 나온 사람은 나와 토가시 아저씨 단 둘뿐이었다. 히라사와 아주머니 때와는 사뭇 다른 양상에 나는 내심 당황했지만, 티 내지 않기 위해 노력했다. 아무래도 공포 영화 노인이라는 첫인상이 다른 이들에게는 수정될 기회가 없었던 거 같다.

노인은 아무 말 없이 우리의 어깨를 한 번씩 짚어줬다. 나는 노인의 손에 노인을 그린 그림과 함께 아주머니가 준 것과 같은 철분 젤리를 쥐어줬다.

— 나이 먹을수록 혈관이 중요하대요.

나는 애써 웃으면서 그렇게 말했는데, 노인이 더 크게 웃어버리는 바람에 화들짝 놀라고 말았다. 그러거나 말거나 노인은 내가 준 그림을 젤리 통에 한 바퀴 감아서 한 손에 쥐고 산에서 내려갔다. 어쩐지 그답다 싶었다.

아버지에게 먼저 전화를 건 날은 그날이 처음이었다. 아버지는 연결음이 두 번 울리기도 전에 전화를 받았다. 나는 내 궤멸적인 척추 건강에 관한 너스레를 늘어놓다가 문득 아버지는 무슨 일을 하는 사람이었는지 물었다. 아버지는 뭘 그런 걸 다 묻냐며, 그냥 회사 다녔지, 하고 말했다. 그러니까 무슨 회사의 어떤 업무요? 하고 내가 캐묻자, 아버지는 그냥 회사 다닌 거지 뭐, 라고 대답했다. 나는 다만 내가 무엇을 잇고 있는지 궁금했을 뿐인데, 아버지는 내가 취직을 결심한 줄 알고 잘 생각했다며 장광설을 늘어놓았다. 나는 아버지와 통화하느라 점심시간을 다 써버렸다.

아버지의 아버지는 그냥 농사지었고, 아버지는 그냥 회사 다녔고, 나는 그냥 사무실로 돌아왔다. 토가시 아저씨가 노인의 방을 정리하는 걸 도와달라고 했다. 특별 취급을 받던 사람이다 보니 노인은 혼자 방을 썼다. 이미 노인이 짐을 다 꺼내 간 뒤라 우리가 정리할 거라고는 서류가 들어있지 않은 캐비닛이나 파일이 꽂혀 있지 않은 파일 정리함 같은 것들뿐이었다. 노인이 남기고 간 것들은 놀랍도록 가벼웠다.

그날 저녁에도 거대한 새장 모양을 한 철책 안에서 페가수스들은 이리저리 날아다녔다. 담장들을 하나씩 점검하는 게 퇴근 전 내가 하는 일이다. 발목에 붕대를 감은 호리가 나를 알아보고 다가왔다. 나는 웃으며 녀석의 머리를 쓰다듬어준 후, 고무망치로 담장을 이리저리 때렸다. 담장은 잘 만든 종처럼 부드러운 공명음을 냈다.

피의 색이 진해지고 있다. 연구소가 자리한 낮은 산 주위로 여기저기서 종소리가 들려왔다.

모두, 집으로 돌아갈 시간이다.

　이 소설은 Novel AI 이미지 제네레이터라는 인공지능 일러스트 생성 서비스에 관한 소식을 접하고 썼다. AI의 그림은 한눈에 봐도 잘 그렸다는 감탄이 나올 정도로 미려했다. 게다가 사용자는 일러스트를 생성시킬 때 인물 특징이나 구도, 빛 표현, 소재, 행동까지도 원하는 대로 설정할 수 있었다. 나는 머지않아 일러스트레이터가 모두 길거리에 나앉을지도 모른다는 걱정을 했다. 소설가의 차례도 멀지 않았을지 모른다는 두려움도 느꼈다. 그러나 인간이 AI를 체스로 이길 수 없게 된 지 이미 반세기나 됐는데, 아직도 프로 체스 기사가 존재한다는 이야기를 친구가 해줬다. 취미로 시조를 쓴다는 친구였다. 밥을 다 먹은 친구가 영양제를 챙겨 먹는 걸 보고, 어쩌면 이것이 소설이 될 수도 있겠다고 생각했다.

* 소설의 제목은 어느 일본인이 Midjourney라는 일러스트 AI에 입력했더니 상상도 못 한 발상의 멋진 일러스트가 나왔다는 문구에서 따왔다. 궁금하신 분들은 검색해보시기를.

이달의 장르소설

찬란한 죽음

청예

매일 늦잠을 자지만 글만큼은 부지런히 쓰는 사람. 글쓰기 모임 '조금 적어도 좋아'의 소설 집필 호스트로 약 3년째 활동 중이다. 2021 교보문고 스토리공모전 단편 우수 「웬즈데이 유스리치 클럽」, 2021 컴투스 글로벌 문학상 최우수 「초능력이 생긴다면 아빠부터 없애볼까」, 2021 K스토리 공모전 최우수 「물망초식당」, 2022 K스토리 공모전 최우수 「폭우 속의 우주」를 수상했다.

'벨류어블 데스' 대기자 명단에 이름을 올린 지도 무려 반년이나 흘렀다. 마케팅을 꽤 공격적으로 하는지 홍보 전단은 집착스러울 정도로 우편함을 채웠고, 현관문에까지 붙었으나 막상 신청하니 한참을 기다리라고 했다. 이런 식으로 집 앞까지 당도한 죽음의 전단에 혹해서 신청한 안락사 희망자가 줄을 잇는 시대였다.

나는 정말이지 죽고 싶어 안달이 난 상태였다. 반년 동안 억지로 수명이 연장된 기분이라면 개 같단 말 말고는 할 말이 없었다. 매일 밤 고향에서 몰래 가져온 엄마의 성경과 할머니의 불경을 창틀에 세워놓고 빌었다.

제발 좀 죽여달라고.

누군가 죽음을 원하는 내 이야기를 구태여 묻는다면, 정말로 쓸모없는 호기심이라는 답변만 해주고 싶다. 어차피 사람들은 죽기 전까지는 힘든 사람의 이야기에 귀를 기울이지 않는다. 우리 집에 빚이 많고, 아빠가 병환으로 돌아가셨고, 내가 직장에서 잘렸고, 친구들에게 모두 절연 당했고 어쩌고저쩌고한 이야기에 누가 관심이나 있겠는가. 아무나 잡고 하소연 해봤자 돌아올 말은 뻔했다.

"날 감정 쓰레기통으로 쓰지 마!"

그나마 '20대 여성, 6평짜리 방에서 목매달아 사망' 이라는 기사라도 한 줄 타이핑돼야 '헐 안 됐네요.' 댓글 하나 달리는 세상이다. 혹은 나의 비극적인 종말도 10초 로 압축돼 유튜브 영상으로 편집될 거다. 거기 달릴 댓 글은 뭐가 있을까. '사과TV 수위 대박' 이런 거 아니면 '(기도 이모지)' 정도가 아닐까.

사람들의 관심을 독차지하는 것들은 정형화돼 있고 난 그 틀 안에 절대 들어가지 못한다.

단도직입적으로 말해서 나는 죽는 게 이득인 인간이 다. 내 몫으로 들어놓은 생명보험이 꽤 두둑하니 우리 엄마와 할머니도 내 탁월한 사리 판단을 원하고 있을지 도 모른다. 벨류어블 데스는 국내 최초로 생명보험 지 급승인이 떨어지는 안락사 업체니까.

6개월 만에 입장을 허가받은 건물 내부는 온통 화이 트 톤이었다. 면마다 통유리창이 있어 채광이 무자비했 고 빛은 어지럽게 반사됐다. 내부에 있어도 외부에 서 있는 듯했다. 온 사방이 반짝거렸다. 그렇기에 거대한 다이아몬드 속에서 헤매는 거 같기도 했다.

죽음을 다루는 업체라고 간주하기에는 지나칠 정도 로 온 사방에 밝음이 가득했다. 마치 '죽음'이라는, 숨을 짓누르는 무서운 녀석을 신성한 숭배물 정도로 취급하듯이.

나는 인상을 쓴 채로 데스크 직원에게 다가갔다.

"저기 오늘 예약……."

낯선 사람에게 말을 조리 있게 하지 못한다. 죽음을 목전에 둔 순간에도 나답게 말끝을 흐렸다. 이제 이런 수치스러운 모습도 세이 굿바이다.

또래로 보이는 데스크 직원이 낭창한 목소리로 화답했다.

"성함이 어떻게 되시나요?"

"오신비요."

"환영합니다, 신비님. 몇 가지 확인하겠습니다. 휴대폰 번호 끝자리가 어떻게 되시나요?"

"6647요."

"생년월일은요?"

"980506요."

"20대 중반 고객님 환영합니다!"

내 나이를 헤아리고서 묘하게 표정이 더 밝아진 거 같은데……. 기분이 나빴다.

무료 안락사를 받기 위해서는 간단한 상담 과정이 필요하다고 했다. 이 단계에 탈락한 사람들의 후기는 인터넷에 넘쳐나지만, 합격한 사람들의 후기는 단 하나도 볼 수 없었다. 그들은 완벽하게 죽었으니까.

"유서는 작성해오셨나요?"

"네에……."

"기준대로 작성하셨죠?"

"네에에……."

그녀는 차트를 들고나와 함께 엘리베이터에 동승해 맨 꼭대기 층 버튼을 눌렀다. 그 후로 별다른 대화는 없었다. 서비스 정신이 지나치게 투철한 직원은 곧 죽을 사람과 동승하는 일에 이골이 나버렸는지 무서워하지도 않고 계속 히죽거리며 미소를 유지했다.

혹시 무표정으로 응대하면 월급이 깎이는 거야? 이토록 직업 정신에 투철한 이들을 이해할 수가 없다. 나는…… 매번 회사에서 책임감이 부족하다는 이유로 잘렸으니까. 어떡하면 이 여자처럼 맡은 일에 열과 성을 다할 수 있는 걸까.

됐다, 부러워하지 말자.

시발, 곧 뒤질 건데.

상담실로 안내받은 후 그녀는 홀로 엘리베이터를 타고 1층으로 떠났다. 문 앞에서 노크하려니 이상하게 심장이 콩닥콩닥 뛰었다. 여기서 상담을 받고 통과만 된다면 나는 죽는다. 이 세상에서 사라진다. 무의미한 삶 하나가 지워진다. 힘들고 개 같았던 여정이 끝난다…….

좋아, 너무 좋아! 제발 이젠 좀 끝내자고.

기세를 몰아 다부진 주먹으로 문을 두드렸다. 한쪽 벽면에 벨류어블 데스를 통해 죽은 자들의 유서들이 벽지처럼 붙어 있었다. 아주 빼곡했다. 굉장히 괴이한 풍경이었지만…… 뭐 의미는 있네. 특색 있고 좋아. 이른바 〈유서의 벽〉으로, 저 벽지의 일부가 될 수 있다면 무척이나 영광스러울 거 같았다.

상담사가 온화한 미소로 나를 맞이했다.

"신비 씨, 어서 오세요."

"아, 안녕…… 하세요."

"네. 저는 안녕하답니다."

그녀와 마주 보고 앉아 유서를 내밀었다. 그림만 보면 채용을 위해 인사 담당자에게 이력서를 내미는 모습과 흡사했다.

벨류어블 데스는 특이하게 지원자의 안락사 여부를 결정하기 위해서 유서를 검토했다. 어떠한 질병으로 고통을 받았는지, 생명을 유지하는 일이 얼마나 힘든 상황인지 등 객관적 사항에 대해서는 전혀 고려하지 않았다. 이 부도덕하고 비윤리적인 기업은 출범 초기에만 해도 사회로부터 뭇매를 맞았다. 하긴 살인 기업 취급을 당하는 것도 이상한 그림은 아니니까.

하지만 시대가 바뀌었다. 벨류어블 데스는 '전액 무상' 카피를 앞세웠으며 '기업' 이미지를 벗고 '재단'으로 탈바꿈했다. 이 재단은 죽음이 필요한 사람에게 죽음이라는 궁극적인 복지를 제공했다. 격변하는 시대는 더 이상 도덕 문제를 논하지 않았다. 타인의 척박한 삶에는 쉽게 귀를 닫는 사람들처럼, 우리의 시대 역시 윤리라는 영역을 향해 간편히 눈을 감았다.

사람이란 언제나 복잡한 연대보다는 심플한 방관을 선호하므로.

"오! 제법 잘 써오셨네요."

"꼭 죽고 싶어서 열심히 썼습니다……."

"보통 처음 쓰시는 분들은 자꾸 객관적 사실이나 비감정적 이야기를 적으셔서 퇴짜를 맞으시거든요."

"저는 정말로 감정만 썼어요. 오직 죽고 싶은 제 열정만요……."

"젊으신 분답게 치기 어리고 호쾌해서 좋네요!"

이상한 점이 하나 있다면 유서의 기준이었다.

지원자들은 유서에 오직 '감정적인 것'만을 적어야 했다. 이성적인 내용이 보일 시 탈락 확률이 증가했다.

오로지 감정에만 호소한, 거의 죽고 싶다는 울분에 가까운 글을 써 내려야만 합격할 수 있었다.

그러니 유서에는 내게 빚이 얼마가 있다거나, 가족관계가 어떠하다거나 하는 이야기는 적지 말아야 했다. 그냥 처음부터 끝까지 미친 척을 하고 '죽여주세용' 타령만 하는 게 더 합격 가능성이 높았다.

"저는 언제…… 죽을 수 있나요?"

"그런데 신비 씨, 아직 20대인데 죽는 건 좀 아니지 않나요?"

상담사가 대뜸 청천벽력 같은 소리를 했다. 이보세요, 선생님! 6개월을 기다렸다고요, 무려 180일이요! 나는 절박한 마음으로 가슴에 손을 얹고 호소했다.

"안 돼요! 저 진짜 그만 살고 싶어요. 사는 게 너무 고통이란 말이에요. 제발, 제발 이제 그만하고 싶어요."

하지만 상담사는 쉽게 뜻을 굽히지 않았다.

"정말로 죽음을 원하나요? '사는 게 힘들어요'랑 '죽고 싶어요'는 결코 동의어가 아니랍니다."

"아녀요. 저 죽고 싶어요. 제발요……."

"여기는 삶이 팍팍해서 찾아오는 한풀이 장소가 아니에요. 저희는 가치 있는 죽음만을 취급하는데 신비 씨의 죽음에 가치가 있을지 의문입니다. 지금 죽을 바에야 차라리 힘을 내서 열심히 살아보시는 게 어떨까요? 이대로 끝내기엔 젊음이 아깝습니다."

"네?"

가치 있는 죽음? 내 죽음에는 가치조차 없어?

이런 미친 여자를 봤나.

자각하지 못한 순간, 눈물이 터져나왔다. 삶을 끝내려는 순간까지 모욕당하는 내 인생이 너무나 하찮았다. 여기까지 와서도 내가 얼마나 힘든지 알아주는 사람이 없구나.

고작 말 몇 마디 나눠놓고서는 당신이 뭘 안다고 그래. 내 인생 겪어봤어? 직접 살아봤어? 죽고 싶다는 마음에는 기준이 없다. 누군가는 육체의 일부를 잃어도 희망을 포기하지 않지만, 또 어떤 누군가는 망친 헤어스타일 하나로 인해 끝없는 좌절에 빠지기도 한다. 삶은 모두 다르다.

내 나이가 어리다고, 아직 아무것도 모른다고, 슬픔을 납작하게 짓누를 수 있는 권리는 없다. 눈앞이 뿌옇게 흐려질 정도로 눈물을 줄줄 흘리며 호소했다.

"집에 빚이 많아요. 죽을 때까지 돈을 벌어도 아빠가 남겨 놓은 빚은 못 갚을 거예요. 그런데 저는 사회성이 부족해서 회사에서 번번이 잘리기 일쑤예요. 친구에게

돈을 너무 많이 빌려서 이젠 인간관계까지 다 끊겼어
요. 게다가 제 얼굴도 좀 보세요. 희망이 없죠. 저는요,
머리가 나쁘고 복도 없어요. 블로그 친구들도 서로이웃
을 끊어요, 맨날 징징거리는 글 보기 싫다고……. 제발
죽여주세요……."

'양심이 있으면 날 좀 편하게 죽여줘야 하지 않아? 당
신이 그러고도 사람이야?'라고 외치고 싶었다. 블로그
이야기는 뺄 걸 그랬나. 괜히 우습게 보일지도 모르겠군.

상담사가 볼펜을 딸깍거리며 고민에 빠졌다.

"그런 것들이 죽음을 가치 있게 만들어주지는 않아요."

"대체 가치 있는 죽음이 뭔데요!"

"완전무결하고 순수한 죽음입니다."

"뭔 소리예요……."

"신비 씨, 아직 어리잖아요. 제가 하나 제안할게요."

그녀가 차트에 무언가를 기록하더니 다시 밝은 미소
로 나를 바라봤다. 아까까지 보이지 않았던 상냥함이
보였다.

"제가 신비 씨의 인생을 행복하게 바꿔준다면 다시
열심히 살아보시겠어요?"

"제 인생은 무의미한데요."

"그러니까 한번 바꿔준다는 얘기죠. 그러고도 죽고

싶은지 다시 얘기해보는 게 어때요?"

상담사가 '보안 유지 서약서'를 내밀었다. 앞으로 경험할 일을 누구에게도 발설하지 말라는, 종합적이고도 모호한 문서였다.

여기는 죽여주는 시설 아니었나? 그런데 삶을 바꿔준다니. 구렁텅이에 담긴 내 인생을 건져내주겠다고? 그런 멋진 행위는 신이나 할 수 있는 거 아니었다. 그야말로 '죽여주는 일'을 하겠단 거잖아. 이 재단이 막대한 자금으로 운용된다는 건 알고 있다. 하지만 죽음을 원하는 개인의 삶을 바꿔줄 수 있을 정도인지는 몰랐다.

그 정도로 자애로운 장소인지도 전혀 몰랐고.

상담사가 내 두 손을 감싸쥐고는 연하게 웃으며 말했다.

"신비 씨 아직 젊잖아요. 누구에게나 힘든 시기는 있어요."

"정말로 제 인생을 행복하게 바꿔주나요……."

"네. 죽고 싶다는 말은 그러고도 힘들 때, 그때 표현하세요."

그녀는 나를 한 품에 꼭 안아주고는 등을 토닥였다. 태어나서 처음으로 타인에게 위로란 걸 받아보는 순간이었다.

위로는 따뜻하고…… 부드럽고…… 서럽구나. 찹쌀

떡을 끌어안고 펑펑 우는 기분이었다. 자꾸만 눈물이 터져나오는 걸 참지 못했다.

나는 상담실을 나선 뒤에야 깨달았다. 이곳이 '기업'이 아닌 '재단'인 이유를. 여기는 정말로 복지를 제공하는 장소였다.

* * *

얼마 뒤 익명의 코드로 돈이 입금됐다. 로또 1등 당첨금 액수에는 못 미치지만 당분간은 걱정 없이 지낼 수 있을 만한 풍족한 금액이었다. 아무 이유 없이 하늘에서 떨어진 돈 같지만 이게 상담사가 말한 '인생을 한번 바꾸는 것'의 시작점이라는 생각이 퍼뜩 들었다.

공돈이 생기면 무얼 할지 고민했던 시절이 있었다. 과거의 나였다면 철없이 이 돈으로 명품 구두를 사고, 사치스러운 차를 뽑고, 코스 요리를 탐닉하는 데 사용했을 거다. 하지만 인생의 바닥을 찍은 후라 정신을 차린 상태였다. 나는 이 돈을 시작으로 삶을 한번 바꿔봐야 겠다.

상담사의 제안처럼.

먼저 내게 돈을 빌려준 친구들에게 어렵사리 연락했

다. 그들은 처음에 무척이나 나를 경계했지만, 그들이 포기해버린 돈을 뒤늦게라도 갚겠다는 소식에 마음을 열었다.

한 번도 남에게 대접해준 적이 없었던 고급 일식집에 친구를 한 명씩 초대했다. 처음 먹어보는 횟감들이 입 안에서 솜사탕처럼 녹았지만, 순간의 쾌감보다는 눈앞에 앉아있는 친구에게 미안함을 전달하는 데 집중했다.

"돈 갚는 일이 너무 늦었지? 정말 미안해."

"아냐. 이제라도 갚아주니 고맙지, 뭐……. 그렇게 절연해버리고 나도 마음이 불편했거든."

"앞으론 돈 같은 거 빌릴 일 없게 해야지."

"그래. 간간이 연락하며 지내자. 지난 일은 잊자고."

하나둘씩 채무 관계를 정리하자 구겨진 인간관계가 조금씩 판판하게 펴지기 시작했다. 내게 모진 말을 내뱉고 떠나버렸던 친구가 간만에 회포나 풀자며 칵테일 한 잔을 사주기도 했고, 집에 초대해주기도 했다. 결국 우리는 서로를 인간적으로 미워했던 게 아니라, 그저 '돈'이라는 장벽 때문에 외면해왔던 거였다.

광고 메시지가 아니고서야 조용했던 휴대폰에 타인의 연락이 속속들이 쌓이기 시작했다. 잃어버렸던 친구를 되찾는 일은, 박탈당한 소속감을 회복하는 일이었다.

찌그러진 심장 한구석이 알맞게 부푸는 감각이었다.

우정을 회복한 뒤 남은 돈으로는 밀린 월세와 공과금을 지출했다. 소액결제로 지저분해진 통신비 고지서까지 모조리 해결했다. 드디어 '오신비'라는 이름 석 자가 금융사에 저당 잡힌 인생에서 탈출했다.

이제 남은 건 가족의 빚이었다. 한꺼번에 탕감할 액수는 아니었지만, 일부는 상환할 수 있었다. 그러니 고향으로 내려가 자식 노릇이란 걸 해보기로 했다.

엄마가 제법 두꺼운 돈 봉투를 보더니 세월에 축 처진 눈두덩이를 한껏 끌어당기며 희번득하게 날 바라봤다. 고단한 얼굴에 이제라도 기쁨을 줄 수 있어 다행이었다.

"이 돈이 다 뭐야? 너 취업했어?"

"아냐. 돈 들어올 구석이 있어서. 김영숙 여사, 고생만 시켜서 미안해!"

"아이고, 우리 딸 앞길이 드디어 펴지나 보다……."

"그동안 엄마가 할머니까지 돌봐야 했는데 용돈 한번 주지 못해서 늘 미안했어."

"이제라도 자식 노릇을 시작해주니 고맙다……."

"이 돈이면 아빠 빚 조금 갚고 할머니 약값도 낼 수 있지?"

"그럼, 그럼."

나는 엄마가 내 앞으로 들어놓은 생명보험을 비난하지는 않았다. 삶이 힘들어 죽음까지 생각한 건 결국 엄마나 나나 마찬가지란 의미일 테니까. 나는 그녀를 이해할 수 있다. 다만 내가 원한 건, 평범한 모녀 관계의 회복이었다. 벨류어블 데스 재단에서 입금해준 돈은 그 회복의 시작점이 돼줬다. 엄마는 내 진심을 알아주며 두 손을 잡고 서럽게 울었다. 오랜만에 마음이 통한 순간이었다.

우리는 할머니까지 모시고 저녁 식사로 닭볶음탕을 끓여먹었다. 어린 시절 내가 가장 좋아했던 메뉴였다. 달큰한 향이 꽉 들어찬 집안 풍경에 마음이 시큰해졌다.

태어나서 한 번이라도 엄마에게 이러한 안도감을 줄 수 있다는 게 기뻤다.

돈, 결국 모든 문제는 돈 문제일 뿐이었다. 돈으로 만들어진 갈등이 내 인생을 송두리째 잡아먹는 듯했지만, 역시 돈으로 쉽게 해결 가능한 허약한 문제일 뿐이었다.

그러나 매달 입금 해주는 것도 아닌데……. 다음 달이 돼서 또 상황이 반복되면 어떡하지?

갑자기 찾아온 풍족함을 생각 없이 만끽만 하기에 나는 꽤 현실적인 사람이었다. 지금은 큰 문제를 어느 정도 해결했다 치더라도, 다음 달이 되면 다시 가난에 허덕이며 원상태로 돌아올 거다. 또한 집안의 빚은 아직 남아 있었다.

상담사는 그 걱정마저도 해결해줬다.

[로얄컴퍼니 인턴제안 – 헤드헌팅 담당자]

국내에 내로라하는 기업으로부터 비공식 헤드헌팅을 제안받았다. 해당 기업은 생명공학계에서 선도적인 입지를 다지고 있는 기업으로, 벨류어블 데스와도 우호적인 관계를 유지했다. 아마 상담사가 내 이야기를 잘 전해줬나 보다.

"오신비 씨가 적응이 더딘 분이란 건 미리 들어서 알고 있으니까 부담가지지 마세요. 다만, 포기하지 말고 작은 업무부터 꼭 완수하는 습관을 들여보자고요."

"정말 감사합니다……."

"일단은 인턴으로 시작해서 차근차근 정사원이 되고 또 승진도 노려보세요."

내 초라한 사회성 덕에 직장 동료들과 친해지는 건 여전히 어려웠다. 그러나 로얄컴퍼니는 달랐다. 나를 내치지 않았고, 동료들과 화합을 도모할 기회를 꾸준히 제공해줬다. 내 속도에 맞춘 감사한 배려였다. 덕분에 차근차근 기업 문화에 적응할 수 있었다.

[로얄 다니세요? 진짜 부러워요.]
[혹시 취뽀 꿀팁 알려주실 수 있나요?]
[같이 교류하면서 회사썰 나눠용!]

로얄컴퍼니 출근 후기를 올리자 블로그에 뚝 끊겼던 서로이웃 요청도 쇄도하기 시작했다.

내 삶이 완전히 바뀌고 있었다. 가장자리부터 시작되는 그라데이션 변화가 아니었다. 중앙에서부터 파도처럼 퍼져나가는 완벽한 격동이었다. 이제 내 인생에는 빚보다 빛이 더 많아졌다. 의지할 친구가 있으며 가족들이 나를 사랑했다. 또한 훌륭한 직장까지 가졌다.

'살아있는 감각이란 이런 느낌이구나.'

숨통을 꽉 막았던 검은 구렁이가 스르륵 몸 밖으로 달아났다. 상담사의 말은 사실이었다. 삶이 바뀌니 더이상 죽고 싶지 않아졌다. 결국 나는 죽고 싶었던 적이 없었다는 걸 이제야 깨달았다.

나는 정말로 살아보고 싶었던 거다.

남들처럼 잘. 혹은 남들보다 조금 더 잘.

단지 그뿐이었다.

* * *

첫 월급으로 때깔 좋은 옷을 차려입은 뒤 벨류어블 데스를 방문했다. 마음에 여유가 넘쳐흘렀다. 데스크 직원에게 고급 다과를 선물했다. 그녀는 지난번처럼 웃으며 나를 상담실로 안내해줬다.

나는 상담사를 보자마자 감사함에 와락 끌어안아버렸다. 그리고 비싼 돈을 주고 산 명품 지갑을 선물했다. 내 딴에는 최대의 호의였다. 상담사 역시 달라진 내 태도에 크게 만족해하며 웃어줬다.

"신비 씨, 아직도 행복하지 않나요?"

"아니요. 지금은 너무 행복해요. 정말로 감사해요. 제 삶을 이렇게 바꿔주셔서."

"거봐요. 제 말이 맞지요? 죽고 싶다고 말하기엔 너무 어리잖아요."

"이런 삶을 살아보니까 이제야 산다는 게 얼마나 좋은 건지 알게 됐어요……."

"그래요. 산다는 건 좋은 겁니다."

상담사가 화사하게 미소 지으며 나의 손을 쓰다듬었

다. 그녀는 자리에 앉아 지난번 갖고 왔던 유서를 다시 꺼내 내게 물었다.

"무엇이 가장 행복하셨나요?"

나는 잠깐 턱을 괴어 고민한 뒤 대답했다.

"저는…… 좋은 직장을 가진 거요. 저도 이제 1인분을 해내는 사람이 됐어요. 쓸모없는 존재가 아니라서 기뻐요."

"그리고 또요."

"친구들이 먼저 연락해주는 것도 좋아요. 이제 제가 친구들 밥도 사줄 수 있고요, 생일날 선물도 챙겨줘요. 너무 행복해요. 다음 주에 같이 제주도로 여행까지 가기로 했어요. 비록 절연하긴 했었지만, 다시 친구가 돼 줘서 정말 고마워요."

"그동안 그 많은 것들을 누리지 못하고 살았으니 얼마나 힘들었어요?"

지금의 행복은 과거에 없던 것들이었다. 나는 척박했던 지난날을 돌아봤다. 기억 저편에 퀴퀴하게 숨어 지내던 내가 떠올라 가슴이 아려왔다. 상담사 덕에 어두운 과거로부터 달아날 수 있었다. 돈 때문이긴 하지만 궁극적으로는 그녀의 따뜻한 관심 덕분이었다. 사려 깊은 마음이 없었다면 아무런 도움도 받지 못했을 테니까.

결국 내 삶은, 단 한 명만이라도 관심을 갖고 손을 내

밀어준다면 충분히 바뀔 수 있었던 거다. 그녀는 참으로 나의 귀인이었다.

이제 눈물은 닦자. 과거는 과거로 묻어두고 앞만 바라보자. 찬란해진 현재를 더 담대하고 용기 있게 살아가기 위해 나는 눈물을 머금고 밝게 웃어봤다.

내가 마주한 이곳의 직원들처럼 행복하고 환하게.

"지난날을 잊을 수 있을 만큼 현재가 감사해요."

"다행입니다."

상담사가 고개를 끄덕여주며 손에 쥔 볼펜 캡을 꾹 눌렀다. 딸칵 소리가 나더니 자동으로 커튼이 처졌고, 문이 잠겼다. 그녀는 내 유서를 〈유서의 벽〉에 압정으로 꽂아넣었다.

그녀가 한층 더 밝아진 얼굴로 나를 바라봤다.

"드디어 신비 씨가 가치 있는 죽음을 제공할 수 있겠군요. 요청하신 안락사를 진행하겠습니다."

"네?"

이게 무슨 소리인가. 갑자기 안락사라니.

온몸에 소름이 돋았다. 나는 고개를 좌우로 저으며 손사래를 쳤다. 오늘 방문한 이유는 계약서상 명시된 상담을 이행하러 온 거지 죽으러 온 게 아니었다. 이제 죽을 생각은 전혀 없었다.

"아뇨. 신청 철회합니다. 저는 이제 살아갈 의미를 찾았거든요."

"우리가 어떤 죽음을 원하는지 잊었나요?"

"아, 아뇨, 아뇨, 저는 지금 상황이 당최 이해가……."

상담사가 과거에 했던 말이 떠올랐다. 완전무결하고 순수한 죽음을 원한다고 했었지. 근데 그게 왜? 그녀가 책상 밑에서 방독면을 꺼내쓰자 유서의 벽 너머로 희뿌연 안개가 뿜어져 나오기 시작했다. 감각이 둔해지고 정신이 아득해졌다.

뭔가 잘못됐다.

"죽음이란 건요. 세상에서 가장 무섭고 끔찍한, 한마디로 절대 불가항력적인 힘이랍니다. 이 죽음의 힘은 당사자가 예상하지 못한 순간에 폭탄처럼 터져야 극대화되죠."

"저는 죽고 싶지 않……."

호흡이 힘들어졌다. 말이 잘 나오지 않았으며 피부가 타들어 가는 고통이 느껴졌다. 온몸에 보이지 않는 불씨가 붙은 것 같았다.

"가장 행복하고 기쁠 때 죽는 일이야말로 그 어떤 인위적 의지도 개입되지 않은 순수한 죽음 아니겠습니까? 900도에서 발화되는 다이아를 떠올려보세요. 순수할 수록 완전 연소돼 흔적 없이 타버린답니다. 보석으로서 아무런 증거도 남기지 못한 채로 죽죠. 우리 같은 사이코패스들은 당신의 죽음도 그러하길 바랍니다. 죽음이 전혀 보이지 않는 순간 죽기를요."

우리?

방독면을 쓴 여자가 한 명 더 들어왔다. 옷차림새를 보니 데스크에서 봤던 직원이었다. 그녀들끼리 무언가를 떠들었다. 나는 온몸의 구멍으로 피와 물을 쏟아내다가 버티지 못하고 바닥에 먼지처럼 누워버렸다. 사방이 핑핑 도는 감각이었다.

"혜인 씨, 로얄컴퍼니 인체 실험팀에 연락하세요. 지금 바로 보낸다고요."

"네 알겠습니다."

"이번엔 웬만하면 좀 비싼 값으로 딜을 쳐봅시다. 우리가 단골인데…… 이 여자는 나이도 어리잖아요."

"네 숙고하겠습니다!"

상담사가 다리를 쪼그리고 앉아 나를 바라봤다. 방독면 너머로 비치는 얼굴이 웃고 있었다. 나는 참기 힘든 분노와 억울함에 온몸을 떨었으나 죽기 직전의 파리처럼 부르르거릴 뿐이었다.

"신비 씨 괜찮아요. 얼마나 가치 있고 위대한 죽음입

니까? 자신의 의지는 전혀 개입되지 않은, 오직 죽음의 섬뜩한 의미만 남은 순수한 모습입니다. 몸소 증명하고 계시잖아요. 완벽한 종말이에요."

숨이 멎고 있었다. 그녀의 뒤로 유서의 벽이 보였다. 죽고 싶다고 아우성치던 내 외침도 저 벽의 일부가 됐구나. 벽에 묶인 수많은 원혼도 나처럼 희망을 찾은 순간 삶을 강탈당했을까. 이 원한에 대한 어떤 증거도 남기지 못한 채로.

"아참. 혜인 씨, 보험금 신청하신 김영숙 고객한테 오늘 중으로 사망 인증서 보내드린다고 연락하세요. 보험금에서 30%는 우리 몫으로 받는 것도 전달하고요."

상담사가 마지막 인사로 내 눈두덩이에 손을 올리더니 아래로 훑었다. 조잡한 인공 속눈썹을 붙인 인형처럼 빡빡하게 눈이 감겼다.

"……효녀 돼서 죽으면 호상이지 뭐."

어쩐지 전단이 문 앞에 너무 많이 붙어 있다 싶었다.

    매우 짧은 초단편 소설이라 무언가를 서술했다라고 말하기가 조금은 부끄럽습니다. 모쪼록 절망하는 이들에게 보다 많은 도움과 관대함이 주어지길 바랍니다.

공모자들

김정민

2022년 농민신문 신춘문예에서 단편 「기쁜 손님」이 당선되면서 글쓰기를 시작했다. 『이달의 장르소설4』의 스릴러 단편 「오토바이」를 집필했다. 독자에게 즐거움과 위로를 함께 안겨주는 글을 쓰고 싶다. 현재 장편소설 출간을 목표로 글을 쓰고 있다.

설렁탕에서 올라오는 김 때문에 안경에 김이 서렸다. 눈에 맺힌 눈물이 보이지 않아 다행이었다. 물 한 모금 마시기 힘들어하는 아내를 떠올리면 국물 한 숟갈 떠먹는 것도 죄스러웠다. 찢겨서 부은 입안이 따끔거리고 옆구리가 욱신대며 어젯밤 기억이 떠올랐다.

술집 안의 남자 무리에서 들려온, 이러다 암 걸릴 거 같다는 우스갯소리에 어떻게 그런 말을 함부로 하느냐며 나는 고함을 질렀다. 말싸움이 몸싸움이 되고 이내 골목으로 내동댕이쳐진 내게 몇 차례인지 기억도 나지 않는 발길질이 날아들었다. 쓰레기와 토사물에 처박힌 채로 뜨거운 통증을 느끼며 미친 사람처럼 웃고 있는데, 검은 그림자가 나를 둘러업었다. 나를 업은 남자의 얼굴에 있는 긴 흉터를 보았을 때는 그래, 이렇게 어디 끌려가서 묻혀도 나쁘지 않다고 생각했고, 오늘 아침에 정신을 차려보니 나는 집 침대에 누워있었다.

병원 식당에서 틀어놓은 티브이 소리가 귀속을 긁어댔다. 시사 프로그램에서는 신원미상 변사자를 공개수배 한다는 내용이 나오고 있었다. 야산에서 발견된 변사체는 40~50대로 추정되는 남성으로 약 10년 이상

땅속에 묻혀 있었을 걸로 파악되며, 두개골 손상으로 보아 둔기에 의해 살해된 걸로 보인다고 했다.

의식을 잃은 채 병상에서 몇 년을 보내다가 죽는 것과 살해당하는 것 중 어떤 죽음이 더 인간적인 건가. 나는 쉽게 답할 수 없었다. 두 죽음 모두 인간의 존엄을 망가뜨리지만, 후자는 적어도 기억되고 잊히지 않는 죽음이라는 극적인 면이 있었다. 이런 말도 안 되는 장광설을 머릿속에서 펼칠 만큼 나는 아내의 고통에 대한 분노와 죽음의 공포에 사로잡혀 있었다. 백골화된 두개골의 컴퓨터 단층 촬영을 통해 복원한 남자의 얼굴이 그래서인지 낯익게 보였다. 신원을 특정할 수 있는 소지품은 없었고, 가죽 팔찌 하나가 발견됐다고 했다. 레진치료, 금 인레이 흔적을 바탕으로 수사에 박차를 가하고 있다는 앵커의 말이 이어지자 나는 갑자기 몸에 한기를 느끼며 자리에서 일어났다.

동전을 넣었지만, 자판기의 커피는 나오지 않았다. 발로 입구를 두 번 찼을 때 픽하고 종이컵이 떨어지자 나는 아이스크림을 손에서 놓쳐버린 아이처럼 주저앉아버렸다. 요즘 유행하는 판타지 회귀물이 재미없을 정도로 나는 이미 시원한 사이다 서사의 성공 가도 인생을 살고 있었다. 완벽한 아내와 영민하고 순종적인 아들과

딸, 언제 재산을 증여할지 고민 중인 부유한 부모님, 부동산 투기, 불법 코인도 내 손을 거치면 언제나 안정감 있는 수익으로 돌아왔고, 코로나 이후 주식시장에 변동이 있을 무렵엔 평생 다 쓸 수도 없는 거액을 손에 쥐게 됐다. 그럼에도 나는 미라클모닝과 자기 계발을 게을리하지 않으며 일분일초를 허투루 쓰지 않는 성실한 사람이었다.

그런데 갑자기 고작 스물아홉 살인 아내가 암 진단을 받았다. 인생은 죽어가는 과정에 있는 거고 인간은 대개 암에 걸려 죽게 된다고 쉽게 말해왔었다. 내 가족은 그럴 리가 없다는 오만이었다.

사회적 인맥이 넓었던 나는 언제나처럼 지금 내 상황에 도움을 줄 누군가를 정확하게 소개받을 수 있었다. 국내 최고의 의학 권위자가 신비주의를 권할 때 그를 의심할 수 없는 노릇이었다. 최고의 의료진도 해결할 수 없는 아내의 죽음은 시간문제였고, 권력과 재물의 힘으로도 저승사자와는 연락이 닿지 않았다. 아내를 편안하게 보내주기 위한 방법을 찾는 게 최선이었지만, 내면 깊은 곳에서부터 꿈틀거리는 질투심을 컨트롤 하는 데에 매시간 힘에 부쳤다. 베일에 가려진 아내의 남자. 그녀의 공허한 눈빛의 원인. 그런 것들을 생각하면,

73
공모자들

기다렸다는 듯이 아내의 상을 치른 후 나를 사랑하는 여자를 만나 새로운 삶을 살고 싶다는 욕망에 들끓기도 했다.

　하지만 아내를 가여워해야 했다. 무남독녀로 일찍 부모님을 여의고 새아버지의 손에서 자란 그녀는, 새아버지가 갑자기 집을 나간 뒤 혼자 힘으로 대학을 졸업했다. 자기 일에서 유능함을 보였으나 내 외고집 때문에 일을 그만두고 전업주부로 살았다. 외로웠을 거다. 아내는 담배 한 개비 한 개비에 의지해 인생을 버텨온 걸까. 담배를 이어 붙이면 그 고통의 길이가 설명될 건가. 결혼 전부터 아내가 담배를 피워온 걸 모르지 않았던 나는 아내의 폐암을 방관한 죄인이었다. 차라리 저렇게 담배를 피우다가 죽어버렸으면 좋겠다고 저주했던 생각이 떠올라 수면제가 없으면 잠이 들 수 없었다. 아내의 병세가 더 악화할 무렵에서야 강한 불신과 선입견을 등에 업고 손때가 묻어 너덜거리는 그 명함을 들고 소개받은 그곳을 찾아가게 됐다.

* * *

전태일 동상 왼쪽으로 평화시장을 지나 동대문 방향

으로 가면 청계천 거리에 전파사가 있다고 했다. 조악한 명함을 받아들고 비슷비슷한 가게들을 뒤지면서도 내가 미친 거 같다는 생각을 수없이 해야 했다. 회색 페인트칠이 벗겨진 낡은 건물에 한자로 '만물 수리'라고 적힌 간판을 달고 있는 전파사 앞에는 오래된 텔레비전과 라디오, 전축, 전기밥솥, 선풍기와 온풍기 같은 것들이 너저분하게 진열돼 있었다. 한숨을 한 번 내신 뒤 번지수를 다시 확인하고 가게 안으로 들어갔다.

배우 마동성 씨와 쌍둥이라고 해도 믿을 만한 덩치큰 남자가 자리에서 벌떡 일어나 구십 도로 몸을 굽혀인사를 했다. 얼굴을 들어올린 남자는 다시 나를 찬찬히 훑어보더니 눈썹을 찡그리며 주먹을 쥔 손을 다른손으로 문질러댔다.

"뭘 수리하러 오신 분은 아닌 거 같은데. 내 사십 평생 디올 슈트에 롤렉스 시계 찬 양반이 뭘 고치고 사는걸 못 봐서. 그래, 용건이 뭐요?"

험악한 인상에 안하무인인 남자와 말을 섞기 싫다는생각에 다짜고짜 명함을 내밀었다. 순식간에 공손한 태도로 바뀐 남자는 안쓰럽다는 표정으로 나를 한참 바라보더니 안쪽에 있는 작은 문으로 안내했다. 등을 구부리고 들어가야 할 정도로 낡고 작은 문 앞에 버티고 있는 커다란 도베르만 두 마리가 나를 보며 낮게 으르렁 거렸다. 남자가 간식을 주자 이내 개들은 얌전해졌다. 긴장한 탓인지 문을 여는데 천둥소리와 함께 박쥐 떼가 날아오는 환영을 본 거 같았다. 일종의 엔터테인먼트 사기꾼이라는 확신만 더하며 어둡고 좁은 계단을 조심스럽게 내려갔다.

넝마 자루 같은 긴 로브를 걸친 장발의 히피족 같은 남자는 신뢰가 가는 인상이 아니었다. 깐깐하고 박학다식한 내 지인들이 신뢰할 만한 인물도 전혀 아니었다. 2m는 족히 돼 보이는 큰 키에 굽은 어깨로 사람을 내려다보는 듯한 모습이 마치 오래된 고목처럼 보였다. 긴 수염을 보면 칠십대쯤으로 보였지만 맑고 총기 있는 눈은 청년 같기도 한 오묘하고 괴이한 얼굴이었다.

"정말 이게 다예요? 영화 속에서 보던 최첨단 기기 같은 건 전혀 보이지 않는데요?"

"기술자는 저니까요. 의심은 시간 낭비. 우리는 시간이 부족해요."

술 담배에 찌든 사람처럼 가래가 들끓는 목소리에 나도 모르게 몸을 물렀다. 소개해준 지인들이 이제 나를 업신여기는 듯해서 화가 났지만, 이성을 잃고 찾아온 건 나였다. 소장의 횡설수설에 불쾌감이 온몸을 휘감았다.

저런 사람이 한때 세계적인 뇌과학자였다는 게 믿어지지 않았다. 하지만 나는 절박했고 그는 절박함을 사는 사람이니 우선 그의 말을 더 들어볼 수밖에 없었다.

그가 주는 커피믹스를 받아들고 등받이가 불편한 원목 의자에 우선 앉았다. 창문 하나 없는 밀실에 먼지들이 부유하고 있었다. 심장세동기, 인공호흡기, 환자감시장치 등이 흡사 응급실을 옮겨 놓은 듯해서 온몸에 소름이 돋았다. 한쪽 벽면을 꽉 채운 커다란 철제 캐비닛과 마호가니 책상과 의자, 누울 수 있는 긴 병실 침대가 이곳에 있는 가구의 전부였다. 그러다 한쪽 구석에 크리스마스트리 모양으로 높게 쌓여 있는 빈 소주병들을 본 순간 얼굴이 구겨졌다.

"이건 아무래도 아닌 거 같아요. 말도 안 돼요. 아닙니다. 여길 찾아온 제가 잘못이죠"

"나이가 들수록 사람이 깨닫게 되는 건 삶은 말도 안 되는 일의 연속이라는 거죠. 그런데 말입니다. 우리는 과거 현재 미래도 완벽히 알 수 없어요. 우주에서 생성 가능한 지구형 행성 중에 92%는 아직 채 생성되지도 않았습니다. 뇌와 마음의 비밀, 죽음이야말로 미개척지입니다. 죽은 자는 말이 없고 돌아온 적도 없죠. 우리가 안다고 할 수 있는 건 사실 별로 많지 않다는 거죠. 하지만 확실한 거 하나는, 피투성이 존재인 우리 인간은 삶을 살아낸 용사로서 마지막엔 영광의 화관을 받을 권리가 있다는 겁니다. 우리는 행복한 주마등을 가질 권리가 있습니다."

소장이 긴 수염을 찬찬히 쓰다듬으며 단호한 어조로 말했다.

"이렇게 비밀스러운 곳에서 영업하시는데 장사가 되겠어요? 상황이 좀 안 좋아 보이시네요."

돌아서는 사람의 등을 낚을 만한 입담에 헛웃음이 나면서도 가시 돋친 말이 튀어나왔다.

"공식적으로 저는 이제 사라진 사람입니다. 제 자체가 기술이기 때문에 이 기술이 정치적 목적이나 고삐 풀린 상술, 악한 동기 등으로 악용되길 바라지 않습니다. 만약 그렇다면 저는 책임을 지고 사라질 생각입니다. 자, 그건 그렇고 선생님은 아프신 아내를 위해 완벽하게 행복한 30초를 선물하고 싶다는 케이스군요."

거창하게 자신의 신념을 늘어놓다가 내 사정을 '케이스'라고 구분해 단정 짓는 말이 가소롭고 역했다. 당장 자리를 박차고 나가고 싶은 충동을 억누르느라 눈가에 경련이 일었다.

후루룩 소리를 내며 커피를 단번에 마신 뒤 저벅저벅

걸어가 침대에 누운 소장은 내 소지품을 요구했다. 내게 기념할 만하거나 추억이 담긴 소지품 따위는 없었다. 늘 백화점에서 새로운 명품으로 소지품을 교체하는 나는 오래된 물건에 의미를 부여하거나 물건 자체를 특별히 아끼는 일이 없었다.

"물건이라면 휴대폰이 가장 제격 아닌가요? 현대인들에게 휴대폰만큼 소중한 게 없을 텐데요."

"휴대폰은 간섭 요소가 많아서 기억 접속을 할 수 없습니다. 개인의 고유한 삶이 담겼다기보다는 8초 집중력의 인간이 마구잡이로 저장한 세상의 클라우드 조각에 불과합니다."

"아내가 평온한 상태에서 눈 감길 원합니다. 완벽하게 행복한 30초가 어떤 건지 이해는 안 가지만."

"백 마디 말보다 한 번의 체험이 신뢰에 도움 되겠지요."

그때 뇌리에 스치는 기억이 있었다. 차 키에 달린 열쇠고리는 아내가 준 거였다. 열쇠고리를 받아든 소장은 내게 로즈마리 가지를 건넸다.

"나뭇가지에 시선을 고정하면서 온몸의 힘을 빼고 깊이 내쉰 숨과 함께 의식이 빠져나간다고 생각해야 합니다. 물성이 품고 있는 시간의 이야기로 들어가야 합니다. 물건의 소유자를 생각하면서 그 물건의 형태와 질감을 느끼고 그 표면부터 작은 입자까지 인식하며 축적된 이야기에 닿고 싶다고 갈망하며 접속해야 합니다. 단, 이 과정에서 극심한 육체적 고통이 수반됩니다."

소장 본인의 지휘 아래 물건을 통해 기억에 접속하는 일은 아주 친밀한 지인끼리만 가능한 거고, 오직 소장 본인만 일면식도 없는 타인의 물건을 통해서도 소유자의 기억 속으로 접속할 수 있다는 게 말의 요지였다.

나는 눈을 크게 뜨고 소장의 행태를 지켜보고 있었다. 소장은 침대에 누운 뒤 향수병처럼 생긴 작은 병의 뚜껑을 열고 향기를 깊이 들이마셨다. 환각제일지도 모른다는 의심이 들었다. 소장이 최면에 든 건지 아닌지조차 파악하기 어려웠지만, 그의 입에서 나오는 말들에 점점 어지럼증을 느꼈다. 그는 마치 그 시간에 함께 존재했던 것처럼 우리의 모습을 자세하게 들려줬다. 소장이 접신을 한 이야기꾼처럼 배경을 묘사하고 등장인물의 대사를 읊으며 말해주는 이야기는 어느 날의 한 장면을 생생하게 복원시켰다.

* * *

저녁을 먹은 후 거실에서 예능프로를 보며 깔깔대고

있는데, 아내가 무언가를 내밀었다.

"꽃이 들어가 있는 열쇠고리? 아우 촌스러워. 이런 걸 어떻게 차 키에 달고 다녀. 누가 보면 웃겠다."

"이 꽃은 알리움 꽃이야. 꽃말은 영원한 슬픔. 아동학대 피해자들을 후원하는 단체에서 제작한 거야. 당신도 캠페인에 동참해줬으면 해서."

"쇼핑이나 하라니까 또 무슨 봉사를 하러 다니는 거야? 세상만사 돌아가는 일에 너무 감정 이입 하지 마. 그런다고 세상이 바뀌는 것도 아니고. 당신은 그저 행복하기만 해. 내가 다 해주고 있잖아. 그저 각자가 자기 행복만 중요하게 여기고 살아간다면 세상은 절로 좋아진다니까."

열쇠고리를 테이블에 던진 뒤 다시 텔레비전을 보고 깔깔거리는 내게 아내가 무언가 말을 하고 있었지만 들리지 않았다. 아내는 열쇠고리를 들고 가서 내 차 키에 매단 다음 한참을 만지작거리다가 화장실로 들어갔다. 거기서 아내는 쪼그려 앉은 채로 오랫동안 담배를 피웠다.

"무슨 개수작입니까? 나는 저런 행동을 한 적이 없어요! 어디 이런 말도 안 되는 사기질을!"

벌겋게 달아오른 얼굴로 흥분한 나는 식은땀에 젖어 누워있는 소장의 멱살을 잡아챘다.

"진정하세요. 선생님이 부인을 향해 한심하다고 말하며 혀를 차던 모습은 이야기하지 않았습니다. 제가 돈을 바라고 이 일을 하는 거 같습니까? 선생님 스스로가 재력과 인맥 덕으로 여기에 왔다고 생각하기 때문에 더 불신하는 거 같진 않습니까? 하지만 선생님이 화를 내는 모습 때문에 주마등에 대한 진실성은 확인됐으니 제가 따로 테스트를 할 필요는 없다는 건 다행이군요"

소장의 말에 나는 그의 멱살을 놓고 거칠게 마른세수를 했다. 기억이 부끄러워 인정하기가 싫었다.

"수천 번을 경험했어도 익숙해지지 않군요. 타인의 소중한 기억을 본다는 건 늘 죄스럽습니다."

침대에서 몸을 일으킨 소장의 얼굴은 눈물로 젖어 있었다. 당황스러운 나머지 시선을 돌리는데 소장의 나무껍질 같은 팔에 새겨져 있는 'let the memory live again'이라는 글자가 눈에 들어왔다. 치부를 들키고 소중한 걸 빼앗긴 듯한 불쾌감이 조금 잦아들었다.

"죽기 직전 지난 삶이 주마등처럼 머릿속을 스쳐지나간다는 말이 있지요. 그 말은 실제적이고 과학적인 얘기입니다. 미국 연구진은 임종 직전 환자의 뇌파를 측정하던 중 약 30초 동안 꿈을 꾸거나 기억을 떠올리는 것과 같은 패턴을 발견했습니다. 환자의 마지막 순간에는, 기억회상, 꿈, 명상, 정보처리 등 높은 인지 기능에 관여하는 감마, 알파, 베타, 델타 등의 다양한 유형의 뇌파가 변화했으며, 뇌로 흐르는 혈액이 멈추고 나서도 여러 뇌파 간의 상호 작용은 계속됐지요. 요약하자면 심장박동이 멈추기 전의 사람은 그 30초간에 지나온 삶을 회상한다는 거죠. 그런데 말입니다. 보통은 행복한 기억을 재생하지만 그렇지 못한 사람들도 많아요. 혹시 보신 적이 있나요?"

머리를 감싸 쥐고 새우처럼 몸을 말고 있는 내 어깨에 소장이 손을 얹었다. 툭 건들면 무너질 거 같은 내 위태로움을 들키기 싫어 사춘기 소년처럼 손을 뿌리쳐놓고 나는 병원에서 위암으로 작고했던 상사를 떠올렸다. 그는 각종 종교인에게 둘러싸여 있음에도 불구하고 마치 지옥의 사자를 본 양 검은 낯빛으로 두렵다고 울부짖었다.

그 후에 내가 신을 믿지 않게 됐다는 사실은 부정하기 힘들었다. 누구보다 학식과 교양이 넘쳤던 그는 죽기 전에 대체 어떠한 기억을 떠올렸기에 그렇게 포악스럽게 죽음을 맞이했던 걸까. 겉보기와 달리 그의 생은 슬픔과 비극이 넘쳤을지도 모른다. 나는 한층 풀이 죽어 소장에게 매달리다시피 부탁했다.

"아내에게 행복한 주마등을 선물하고 싶어요. 제 생각에는…… 아마도 제 불찰이겠지만……. 아내가 그리 행복했던 거 같지 않네요. 제가 아닌 다른 사람의 기억으로라도 아내가 행복한 기억을 회상하며 죽을 수 있다면 만족해요. 부탁드릴게요. 비용은 얼마든 상관없어요."

이 대목에서 거의 울먹거리는 내 두 손을 꼭 붙잡으며 소장이 말했다.

"저는 제 역할에 충실하고 정해진 비용만 받습니다. 이제부터 선생님의 역할이 가장 중요하지요. 말씀하신 것처럼 부인의 행복한 주마등을 위해서 무조건 수용하시고 인내하셔야 합니다. 끝까지요. 기억 접속은 체력과 멘탈 싸움입니다. 지금부터 최상의 컨디션을 유지해주세요. 때가 되면 제가 부인께 가서 최면과 함께 주마등을 준비할 겁니다."

소장은 한동안 뜸을 들이더니 조심스럽게 물었다.

"선생님께서 부인의 기억에 한 번 접속하면 DNA 세포 구조가 급격히 변화해 노화 세포가 촉진되고 이에 따라 7년 정도 신체 노화가 일어나게 됩니다. 괜찮으시겠습니까?"

"저따위는, 어떻게 되든 상관없습니다."

기억에 한 번 접속 할 때마다 7년이나 늙는다니. 사실은 믿지 않기에 쉽게 대답할 수 있는 말이었다. 나는 두려웠다. 소장의 말을 진심으로 믿게 될까 봐. 기대하고 실망하고 무너질까 봐.

* * *

아내의 시간은 사라졌다. 낮과 밤, 시간과 날짜가 사라졌다. 아내에게는 내 존재도 사라졌다. 고통과 섬망 속에 갇힌 아내를 볼 때면 차라리 안락사를 요구하고 싶기도 했고 내 손으로 직접 호흡기를 떼어주고 싶다는 충동에 시달리기도 했다. 어머니는 시시각각 정신을 놓는 나를 걱정하고 직접 보살피겠다며 아이들을 데려갔다.

아내와 아이들의 사진이 가득한 집으로 향할 때마다 영원한 아내의 부재를 상상하면 숨이 막혔다. 서울의 야경이 한눈에 내려다보이는 고층 아파트는 감옥과 다름없었다. 내겐 아내가 집이었다는 걸 뒤늦게 깨달은 대가였다. 값비싼 가구 위에는 뽀얗게 먼지들이 쌓여 있었다. 내가 선택한 아내도 가구처럼 영원히 그 자리에 있을 거라 생각했다. 식탁 위에는 먹다 남은 컵라면과 삼각김밥, 양주병이 가득했다.

곧바로 뛰쳐나간 나는 유흥가 골목을 헤맸다. 술을

잔뜩 마신 다음 현금인출기에서 양손에 잡힐 만큼 오만 원권을 뽑았다. 지나가는 사람들에게 돈을 나눠주며 나는 죄인입니다라고 외치는 내 주위로 사람들이 몰려들었다. 정신을 차리니 어두운 골목에 내팽개쳐 있었다. 옷은 다 찢겨 있고 지갑조차 사라진 뒤였다. 눈을 뜨니 검은 그림자가 내 얼굴에 그늘을 만들고 있었다.

"정신 차리세요. 술에 잡아 먹힐 때가 아니지 않습니까. 망치를 찾아주세요. 당신은 알 수 있잖아요."

검은 그림자가 이해할 수 없는 말을 하고 있었다. 배달 오토바이가 지나가며 그의 얼굴을 잠시 비췄다. 이전에도 취한 나를 둘러업고 집에 데려다줬던, 한쪽 뺨에 긴 흉터가 있는 남자였다.

남자는 나를 부축해 택시에 태워보냈다. 집에 도착해서 정신을 차리려 찬물로 샤워를 한 나는 소장의 말을 다시 떠올렸다. 의식이 흐려진 환자는 고통스러운 주마등을 헤매다 생을 마감할 수 있기 때문에 환자의 머릿속 행복한 기억을 찾아 다시 각인시켜주면 완벽하게 행복한 기억으로 떠날 수 있다고. 나는 소장이 말한 대로 아내의 물건을 챙겼다.

결혼생활은 긴 벌이었다. 나는 평생 아내를 짝사랑했다. 우리의 시간은 결혼 초부터 지금까지 깎아 놓은 사과처럼 잊힌 채 변색해갔다.

나는 식탁 위에 놓인 그 사과를 늘 생각한다. 아내는 내가 좋아하는 사과를 깎고 있었고 나는 잠시 화장실에 손을 씻으러 갔다. 무슨 급한 일인지 아내는 과도를 떨어트리며 휴대폰을 들고 급히 방으로 들어가버렸다. 나는 방문 앞에서 그들의 대화를 엿들었다. 영원히 기억할 거라고. 하지만 다시 보는 일은 없어야 한다고. 아내는 울먹거리며 그런 말들을 하고 있었다. 아내의 말들이 부서져 내 온몸에 파편처럼 박혀 피가 흘렀다.

아내가 나를 사랑하지 않는다는 건 알고 있었다. 아내의 시선이 늘 다른 곳을 향해 있다는 걸 인내했다. 까만 점. 아내는 마침내 까만 점이 될 거 같았다. 까만 점이 돼 우주의 별이 되는 걸까. 아내의 몸은 까만 온점이 돼 소실될 것처럼 바싹 말라 있었다. 아내는 잠시 의식을 찾을 때면 몸피 안을 이루고 있는 이야기들을 모두 내게 이식하고 싶은 듯 두서없이 이야기를 늘어놓았다. 어떤 이야기든 귀했다. 하지만 아내가 진짜 하고 싶었던 말을 한 건지는 확신할 수 없었다. 이제 아내가 까만 물음표가 돼버릴까 봐 겁이 났다.

아내의 기록과 흔적은 아내의 방에 있는 캐비닛 상자에 고이 보관돼 있었다. 마치 미리 유품을 모아둔 것처럼 크지도 작지도 않은 그 상자에는 아내의 삶이 고스란히 담겨 있었다. 디자인을 전공한 아내는 그림과 사진, 작문에도 재능이 있었다. 아내가 마음껏 재능을 펼치며 뛰어난 사람들과 교류할 걸 질투했던 나였다. 꺾은 꽃처럼 화병에 두고 나만 보고 싶다는 욕심이었다.

누구보다 자유로운 상상력과 열린 사고를 갖고 있던 아내의 빛나는 자아는 이제 새카맣게 타들어 가고 있다. 아내가 가봤던 곳, 느꼈던 감상, 좋아했던 물건들. 한 사람의 생에 대한 열정과 사랑이 담긴 그것들을 만져보기가 두려웠다. 상자를 여는 순간 낯설고 무서운 것들이 튀어나와 나를 원망하며 내 목을 조를 것만 같았다.

수많은 메모와 여행지에서의 사진들, 오래된 영화 티켓들, 아내가 어릴 적에 끼던 앵두 머리 끈과 학창 시절에 착용했다는 이니셜이 깊게 새겨진 빛바랜 가죽 팔찌, 오래된 지포 라이터, 말린 꽃잎들 뭉치와 직접 뜨개질한 아들딸의 양말과 배냇저고리. 눈자위가 빨갛게 달아오르다가도 그 남자의 흔적을 찾느라 나는 본능적으로 긴장하고 있었다. 아내의 인생에서 가장 행복했던 시간이 나와 아이들에 관한 게 아니라 그 남자와의 시간이라고 한다면 나는 아내를 위해서 그 기억을 준비해

쥐야 하는 건지. 그러기로 했지만 정말 그럴 수 있을 건지 자신이 서지 않았다. 나는 아내의 옷가지를 침대 위에 펼쳐 놓은 뒤 오래도록 냄새를 맡았다. 아내의 실크 드레스에 눈물이 번져나갔다.

연구소의 침대에 누워있으려니 두려움과 허망함이 무겁게 나를 짓눌러왔다. 정신적 육체적 충격으로 배변 실수를 할 위험 때문에 성인용 기저귀를 차는 것, 사지를 결박당하고 입에 재갈을 물리는 것, 노화가 되는 것 따위는 아무것도 아니었다. 나는 삶에 대한 후회와 아내에 대한 그리움에 결박당해 있었다. 이쯤에서 모든 걸 그만두고 싶었다. 사물을 통해서 최면에 걸리고 타인의 기억 속으로 이동한다는 거 자체가 비논리적인 망상이었다. 굿판의 접신보다 비합리적으로 보이는 이 일에 매달리고 있다는 게 비참하게 느껴졌다.

나는 다시 트집을 잡고 싶었다. 우선, 타인의 기억으로 접속하기 위해 맡아야 하는 저 새벽이슬 냄새 같기도 하고, 언젠가 한 번 맡아본 고양이 정수리 냄새 같기도 한 용액에 대해서.

"대체 저 용액은 뭔가요. 설마 마약이나 환각제는 아니겠죠."

"아직도 의심하고 계시는군요. 그런데 말입니다. 중독으로 인체에 상흔을 남기며 구속하는 게 환각제 및 마약의 가장 큰 폐해라면, 이 액체는 정반대의 겁니다. 자유를 선물하죠. 제가 전 세계를 유랑하며 원시 부족에게서 받은 천년나무의 수액과 갓 태어난 아이들의 눈물, 인간이 밟지 않은 땅의 흙을 원시림의 태양과 바람 속에서 숙성시킨 뒤 족장들의 기도를 더한 겁니다."

소장의 말을 이해할 수도, 믿을 수도 없었지만, 반박할 힘도 없었다. 미쳐가고 있는 건 나였으니까.

"앤디 워홀은 사물과 접촉하며 기억을 떠올리는, 사물에 기억을 저장하는 대표적인 인물이었죠. 인간의 손때가 묻은 사물은 물성에 인성이 더해집니다. 기억을 입고 연을 더해 하나의 자성을 띠게 되죠. 수십 년 동안 가족을 태웠던 아버지의 자동차는 끝내 집 앞에서 멈추었다는 얘기가 있습니다. 가족을 지키려 고장을 지연시킨 거죠. 누군가의 물건을 만졌을 때 섬뜩함을 느꼈으면 원주인이 고인인 경우가 있기도 합니다. 낡은 곰 인형을 만지는 순간 어린 시절의 잊혔던 기억이 생각나며 눈물이 나는 이유가 뭘까요. 사랑과 추억이 담긴 물건은 사물의 물성 그 이상의 힘을 지니고 있습니다. 그 물건을 통해 우리는 물건 주인의 기억에 닿을 수 있는 거죠. 저는 오랜 전문적 수련과 비전문적 수련을 통해 이 최면 기술을 터득했습니다. 잡설에 불과한 말보다 저를 믿으라는 말밖에 할 수가 없군요."

초등학교 때 돌아가신 할머니가 남긴 은비녀를 만지고 자던 날부터 할머니 꿈을 다시 꾸기 시작한 기억이 떠올랐다. 꿈에서 들은 할머니의 비밀을 말했을 때 놀라던 가족들의 얼굴도 생각났다. 소장의 말에 고개를 연신 끄덕이고 있는 내게 소장이 물었다.

"선생님께서 가장 원하는 게 뭔지 말해주시겠습니까. 선생님이 솔직하고 순수한 마음으로 주마등을 준비하지 않는다면 오히려 부인이 고통 속에 생을 마감하게 되실지도 모릅니다. 무서운 일이지요."

"아내가 가장 불행했던 시간과 가장 행복했던 시간에 대해 알고 싶습니다."

터져 나올 거 같은 감정을 억누르며 한참 침묵하던 나는 결국 입을 열었다. 궁금했다. 사실은 아내가 가장 불행했던 시간에 혹시 내가 있는지, 아내에게 잘못한 시간을 돌이켜보며 절망에 빠질지라도 알고 싶었다. 소장은 이해한다는 듯 고개를 끄덕이며 말했다.

"이제 선생님께서 가져오신 물건으로 그 시간을 찾아보게 됩니다. 기억에 접속할 수 있는 시간은 단 10분으로 영상은 빠르게 재생되는 화면처럼 보일 겁니다. 부인의 물건을 통해 선생님은 부인의 과거 시간을 볼 수 있게 되는 거죠. 다만 관찰자의 시점에서 보게 되기 때문에 그 상황에 개입할 수도 없고, 존재하지 않는 것과 마찬가지입니다. 관객이 상영되는 영화 스크린으로 들어갈 수 없는 것과 마찬가지지요. 그 어떤 장면을 보아도 선생님께서는 절대로 흥분하지 않도록 주의하셔야 합니다. 최면 상태에서 느끼는 극도의 흥분은 신체의 위험도를 높입니다. 선생님의 신체에 위험이 감지되면 제가 자의적으로 최면을 중지시키겠습니다."

낡은 엘피판에서 뮤지컬 캣츠의 넘버 '메모리'가 흘러나왔다. 기억 속에 더 머물기 위해 최면에서 깨어나길 거부했던 사람은 코마 상태가 됐다고 했지만, 만약 그가 행복한 기억 속에 머문 채로 길을 잃은 거라면 불행한 삶보다 낫지 않을까.

소장은 침대 위에 누운 내 사지를 결박하고 입에 재갈을 물린 후 연신 미안하다고 말했다. 감정적 동요 때문에 자해할 위험이 있기 때문이라는 말을 덧붙였다. 소장의 알 수 없는 중얼거림 속에 눈앞에서 흔들리는 나뭇가지가 흐려지더니 몽롱하게 의식이 미끄러졌다. 지포 라이터는 장인어른의 유품이었다. 나는 지포 라이터를 만지고 그 차가운 촉감을 느끼며 아내를 생각했다.

전기에 감전된 것처럼 몸이 덜덜 떨리더니 온몸에 주물이 끼얹어진 듯 뜨거웠다. 금속의 파편 같은 날카로운 통증이 수천 마리 까마귀 떼의 부리처럼 나를 쪼아 댔다. 귀문이 열리듯 단말마의 비명이 들리는 가운데 매캐한 냄새에 쉴 새 없이 기침이 나왔다. 이내 감각이 사라지더니 사방이 어두운 가운데 눈앞이 번쩍이며 가장자리가 타오르는 듯한 영상이 펼쳐지고 있었다. 흡사 오래된 영사기가 비추듯 희미했던 그 영상은 컬러를 입고 점점 짙어지며 생생하게 보였다. 거미줄 같은 끈에 꽁꽁 묶여 움직일 수 없는 채로 나는 스크린 앞에 착석한 관객이 됐다.

* * *

꼬마 여자애는 분명 아내의 사진첩에서 봤던 어릴 적 아내였다. 아홉 살쯤 돼보이는 아내는 지금의 내 딸아이보다 작았다. 앵두 머리 끈을 달고 있는 아내는 쭈그려앉아서 무언가를 만지고 있었다. 가까이 다가가 보니 지포 라이터였다. 작은 아내가 라이터를 잘못 다뤄서 불이라도 날까 봐 가슴이 조마조마했다. 아내는 곧

안방으로 가더니 옷장에서 양복 주머니를 뒤져 담배 한 갑을 찾았다. 호기심과 서글픔이 가득한 아내의 눈빛이 보였다. 아내가 담배를 입으로 가져가 라이터를 켜려는 순간 나는 소리를 지르며 경련을 일으켰다. 소장에게서 들은 경고를 잊은 건 아니지만 막상 참기가 너무 힘들 었다.

그제야 집 상태가 눈에 들어왔다. 누런 벽지에 곰팡이 가 차 있는 반지하 방에는 눈살이 찌푸려질 만큼 쓰레기 가 가득했다. 누가 봐도 아이가 방치된 집이었다. 아내는 라이터를 켜기를 몇 번 실패하더니 주머니에 넣고 냉장 고 쪽으로 걸어갔다. 냉장고에는 썩은 양배추와 불어터 진 우유갑 몇 개밖에 없었다. 아내는 냉장고 앞에서 쭈 그려앉아 멍한 눈빛으로 상한 우유를 마셨다. 아내의 팔 을 잡고 밖으로 데리고 나가고 싶었지만 내 손은 아내에 게 닿지 않았다. 나는 계속해서 소리를 질렀다.

* * *

"선생님. 제 경고를 잊으신 건 아니겠죠?"
식은땀을 흘리며 깨어나니 소장이 내 팔에 안정제를 주사하고 있었다. 드릴로 머리를 뚫는 듯한 고통과 치밀어오는 구역감 때문에 결국 바닥에 구토하고 말았다.

"바꿀 수 없는 과거의 현실이고 기억입니다. 부인이 폐암에 걸린 시점을 알아낸다고 해도 그걸 바꿀 수는 없습니다. 그것에 죄책감을 느끼는 것도 좋지 않습니다. 부인을 위해서 행복한 기억을 찾아내세요. 지금으로선 그게 최선입니다."

덥수룩한 머리를 쓸어넘기며 말한 뒤 깊은 한숨을 내쉰 소장은 대걸레를 가져와서 토사물을 치웠다.

아내가 숨기고 있던 이야기들과 함께 아내의 역사는 쇠락한 육체와 함께 까맣게 타들어가며 사라지고 있었다. 슬픈 기억이라도 찾아내서 기억해주고 싶다는 욕망이 일었다. 그 무엇도 바꿀 수가 없다고 해도 알아주고 기억해주고 싶었다.

"상처는 위험합니다. 상처를 입은 사람은 상처에 갇힙니다. 상처라는 매듭에 갇힌 사람은 그 시간을 영원히 반복하며 그 속에 갇혀 다음 생을 살아갈 수 없게 됩니다. 상처 입은 사람이 상처가 돼 상처를 살아가는 거지요. 자책하지 마세요. 누구도 해결해 줄 수 없었을 겁니다."

신체에 무리가 가기 때문에 심혈관 질환이 있던 나는 하루에 두 번 이상 최면을 할 수 없었다. 내일을 기약하고 그곳을 나와야 했다. 소장의 말을 떠올리며 나는 폐기물이 가득 쌓인 공터에서 담배 한 갑을 거의 다 피웠다. 나 자신을 새까맣게 태워버리고 싶었다. 소장의 말은 틀렸다. 아내가 나를 기만했을지는 몰라도 상처에 매몰돼 좁디좁은 삶을 산 사람은 아니다. 내 아내는 자신의 상처에만 매몰된 사람이 아니라 세상을 아파한 사람이었다.

깨진 폐거울 사이로 깊어진 주름과 희끗희끗한 머리의 내 얼굴이 보였다. 한 번 기억에 접속 할 때마다 7년이나 늙는 게 사실인가. 차라리 빨리 늙어서 아내와 함께 죽고 싶은 마음이었다. '부인에게 선물할 행복한 주마등을 만들기 위해서는 선생께서 끝까지 힘을 내셔야 합니다.' 소장의 말을 붙잡고 겨우 일어선 나는 마지막 남은 담배 한 개비를 부러뜨렸다. 집으로 돌아가서 진열장에 있는 비싼 술부터 모두 버리고 집을 깨끗하게 청소해야 했다. 아내를 위해서 나는 강해져야 했다.

* * *

다음 날, 소장이 당부했음에도 불구하고 오래된 영화표를 손에 쥐고 침대에 누운 내 심장은 터질 것처럼 뛰었다. 오래된 물건들, 잃어버린 물건들과 미련 없이 버렸던 물건들이 나를 쫓아오거나 산더미 같은 물건의 잔해 속에서 깨어나는 꿈을 꾸느라 기력이 하나도 없었다. 소장의 말대로 기억 접속의 부작용으로 벌써 신체 노화가 진행되고 있는지도 몰랐다.

고전의 반열에 올라 있어서 아직도 재상영되는 로맨스 영화, 「그대 기억에 살 수 있다면」. 혹시라도 아내가 연애하던 기억을 볼까 봐 두려웠다. 소유욕과 질투심이 강한 단 한 번도 아내의 과거에 관해 물어보지 않았다. 감당할 수 없는 이야기는 처음부터 듣지 않아야 했다. 용액의 향기에 취했으면서도 두려움과 묘한 호기심에 휩싸여 최면 상태에 쉽게 빠져들지 못하던 나는 소장의 말대로 영화표의 낡은 질감을 느끼며 종이가 삭은 쿰쿰한 냄새를 깊게 들이마셨다. 종이가 가로세로 잘게 찢어져 내 몸을 휘감으며 촘촘한 그물처럼 나를 결박했다. 잘게 베인 온몸이 터질 것처럼 쓰라렸다.

심장이 터질듯한 기침 속에 눈을 뜨니 조잡한 커튼, 낡은 화장대와 텔레비전, 작은 냉장고가 보이는 모텔이었다. 나는 애써 눈을 돌리려고 했지만, 용기를 내어 침대를 봤다. 팬티 바람으로 다리를 경박하게 벌리고 잠들어 있는 젊은 남자가 있었다. 침대 밑에 싸구려 백팩과 교재가 놓여 있는 걸 보니 대학생인 듯 보였다. 방금 섹스를 끝낸 연인 사이겠지. 주위에서 풍기는 공기의 냄새를 무시해야 했다. 나처럼 아내에게도 과거가 있었을 건 당연했다.

"자기야. 아까 그 영화에서 여주인공 말이야. 말하지 않았다고 거짓말을 한 건 아닌 거잖아."

"몰라. 나중에 얘기해. 나 지금 피곤해. 무지 졸리다고."

대화를 하고 싶어 하는 아내의 말을 무시한 채 무심하게 코를 골며 잠들어버린 남자를 향해 주먹을 날리고 싶은 충동을 참아내야 했다. 어차피 하나의 시선으로 존재하고 있는 나는 이 세계에 단 한 톨의 영향도 줄 수 없었다. 아내는 작은 어깨를 동그랗게 말고 창밖에 내리는 눈을 하염없이 바라보고 있었다. 아내의 등 뒤로 모락모락 담배 연기가 피어올랐다.

어떤 미친놈이 섹스를 끝내고 연인을 저렇게 외롭게 만들지. 저놈이 아내를 골초로 만들었을까. 아내는 무슨 생각을 하고 있을까. 그때 고개를 돌린 아내와 눈이 마주쳤다. 당연히 아내는 허공을 보고 있지 나를 보고 있는 게 아닌데도 가슴이 철렁했다. 아내의 눈에서는 눈물이 흐르고 있었다. 남자가 이별을 고한 걸까. 혹시 침대에 누워 있는 남자가 바로 그 남자일까. 아내가 그리

위할 만한 놈으로 보이지는 않았다. 마지막 이별 섹스 그런 상황일까. 아무튼 아내가 행복한 상황이 아닌 것만은 분명했다.

백팩을 메고 마지막으로 남자를 한번 돌아본 후 아내는 모텔방의 문을 닫고 나갔다. 밖에는 폭설이 내리는데 아내는 어디로 가는 걸까. 그 순간 침대에 누워있던 남자가 큰 소리로 하품하며 일어났다. 그는 바로 나였다. 갑자기 사방이 환해졌다. 벌거벗은 채로 광장에 서 있는 기분이었다. 나는 두 팔로 급히 몸을 감쌌다.

"보셨습니까?"

최면에서 깨어난 후 링거 주사를 다 맞은 내게 소장이 물었다.

"모르겠어요. 아내의 어떤 순간이 불행하고 또 행복한지."

"그걸 안다면 후회라는 단어도 사라지겠죠."

혐오스러울 만큼 무신경했던 과거의 내 모습과 마주하자 위에서 신물이 올라왔다. 입술을 피가 나도록 깨물며 상체를 일으켜 앉은 내게 소장이 카모마일 차를 가져와 건넸다. 아내가 좋아하던 차였다. 향기를 맡자마자 가슴이 울렁거렸다. 순간 컹컹 개 짖는 소리가 들려왔다. 구둣발 소리, 물건이 나뒹구는 소리, 호통 소리가 뒤섞여 들려오는 동안 나는 몸을 움츠리면서 전파사 입구를 지키고 있던 남자의 근육과 주먹을 떠올리며 마음을 가라앉히려 노력했다. 소장은 나를 똑바로 응시하며 검지를 입술에 갖다 대고 소리를 내지 말라는 신호를 보냈다.

"벌써 세 번째 방문이군요. 그들이 나를 찾고 있습니다. 곧 연구소를 옮겨야 하겠군요."

"그들이라면, 누군가요?"

"정치인들, 재력가들, 주마등을 악용하려는 악의를 가진 사람이 아주 많이 있습니다. 정부 주도하에 운영되던 기관은 악한 무리에게 장악됐고, 신념 있는 기술자들은 살해되거나 종적을 감춰버렸습니다. 어리석은 남자가 있었죠. 아내에게 행복한 주마등을 선물해주고 싶다던 그는 사실 아내의 과거를 캐는 게 목적이었습니다. 아내의 기억 속에서 그녀의 부정을 발견한 그는 죽어가는 아내에게 저주의 말을 퍼붓고 끝내 고통 속에 아내를 보낸 뒤 수년을 폐인처럼 살았습니다."

소장의 눈빛은 어둡고 쓸쓸했다. 나는 차마 그 어리석은 사람이 당신이냐고 물어볼 수가 없었다. 소장은 차를 한 모금 더 마신 뒤 말을 이었다.

"사람이 온다는 건 실은 어마어마한 일이다. 한 사람

의 일생이 오기 때문이다라는 시 구절이 있죠. 이 뜻을 진실로 이해하는 사람이 몇이나 될까요. 내가 좋아하는 부분, 이해할 수 있는 부분만 오려서 모자이크를 만들어놓고 사랑이란 이름을 붙이는 건 아닌지……. 우리는 모두 어리석은 사람들입니다."

나는 반백에 가까운 소장의 지푸라기 같은 장발을 보고 있었다. 소장은 숙인 고개를 들지 못하고 석상이 돼버린 것처럼 오랫동안 그 자리에 그렇게 있었다. 무거운 분위기 속에 눈치 없이 뱃속에서 꼬르륵 소리가 났다.

"시장하신가요 선생님? 자장면 어떠세요. 제가 대접하겠습니다. 이 근처에 잘하는 집이 있지요."

"아닙니다. 제가 대접하겠습니다. 어르신인데요."

"저, 주민등록상 나이는 1994년생입니다. 그렇게 됐습니다. 혹시, 불편하시면 형님이라고 부를까요?"

"아니, 괜찮습니다……."

소장은 자기 아내의 기억 속에 몇 번이나 접속한 걸까. 아무리 봐도 칠십은 족히 넘어 보이는 그의 얼굴을 의심스럽게 훑어보며 나는 자장면을 천천히 꼭꼭 씹었다. 자장면이 맛있어서 염치없이 눈물이 날 때 즈음 소장이 내 그릇 위에 군만두를 하나 올려줬다. 그제야 어색하게 입꼬리를 올리는 소장의 개구쟁이 같은 덧니가 눈에 들어왔다.

* * *

내 모습은 눈에 띄게 변해 있었다. 며칠 사이에 10년
이 넘게 나이를 먹어 주위 사람들이 알아보지 못할 정
도였다. 동안이었던 나는 아저씨라는 말을 처음으로 들
었다. 하지만 지인을 통해 시중에서 구할 수 없는 고가
의 영양제를 맞으며 새벽 조깅을 시작했고, 헬스장에서
두 시간을 채우며 운동을 했기 때문에 체력은 많이 좋
아진 상태였다. 급격하게 노화하는 만큼 운동으로 극복
하는 수밖에 없었다.

병원에서는 밥을 먹을 수 없었다. 몇 블록 떨어진 편
의점에서 컵라면에 물을 받아 놓은 뒤 휴대폰으로 가죽
이 썩는 기간을 검색하고 있었다. 가죽에 깊게 새겨 있
는 이니셜은 흐릿해질 수 있을까. 가죽이 썩는 데에는
20년 이상 걸린다고 했다. 지문이나 DNA도 남아 있을
수 있을까. 팔찌가 변사자 게 아니라 그 팔찌를 특정해
서 찾을 수 있는 다른 누군가가 있다면.

부족한 지식에서 답이 나오지 않자 눈을 돌려 거리의
사람들을 한없이 바라봤다. 혼자 비를 맞고 있는 중년

남자와 무거운 책가방을 메고 어깨를 축 늘어뜨린 꼬마, 지팡이에 의지해서 힘겹게 걷는 할머니와 주위를 두리번거리며 통화하는 아주머니, 담배를 꺼냈다가 다시 집어넣는 젊은 여자. 그들의 내면에 겹겹이 쌓인 기쁨, 슬픔과 비밀은 모두 다를 거라는 생각을 하니 아득했다. 굳이 그들의 기억 속으로 접속하지 않아도 예전에는 보이지 않던 것들이 보였다. 길가로 뛰쳐나가 지나가는 사람을 붙들고 별일 없나요. 당신은 정말 괜찮나요 하고 두서없는 말을 건네보고 싶었다.

아내의 비밀을 엿본 게 죄스러워 아내를 보러 가는 길이 망설여졌다. 내가 하는 일이 과연 잘하는 짓인지 확신할 수 없었다. 그때 갑자기 소나기가 후드득 떨어지기 시작했다. 비를 싫어하던 아내를 혼자 둘 수 없어 나는 우산도 챙기지 않고 달려갔다.

오늘 아내는 비교적 상태가 괜찮았다고 간병인이 말했다. 나는 그녀에게 수고비를 더 건네줬다. 간병인 아주머니는 내 몰골을 보고 깜짝 놀라더니 얼마나 마음고생이 많냐며 눈물을 흘렸다. 생물학적 나이가 늙는다고 하더니 나는 목소리 또한 변해 있었다. 아주머니에게서 따뜻한 물수건을 건네받고 아내의 마른 몸을 이곳저곳 주물러준 뒤 오래 닦아줬다.

* * *

쉬는 시간의 교실은 시끌벅적했다. 여중생들의 장난기도 남학생 못지않아 보였다. 학창 시절의 아내 모습이 어떤지 전혀 알 수가 없었다. 교복 치마 안에 바지를 입고 발차기를 연습하는 학생도, 맨 끝자리에서 앞머리를 다듬으며 파운데이션을 바르고 있는 학생도, 남자친구와 통화하고 있는 학생도, 혼자 열심히 문제집을 풀고 있는 학생도 아내가 아니었다.

창가 쪽 맨 끝자리에 엎드려 있는, 볼 한가운데 점이 있고 귀가 유난히 쫑긋해서 한눈에 알아볼 수 있는 얼굴, 아내였다. 한 무리의 여학생들이 아내 주변을 둘러싸고 팔짱을 낀 채 모욕적인 말을 내뱉거나 머리를 잡아당기고 있었다. 다시 수업 종이 울리자 야유를 보내던 학생들이 자리로 이동했고, 고개를 든 아내의 얼굴엔 눈물이 흐르고 있었다. 그때 아내의 낡은 실내화와 누가 칼로 찢은 듯한 책가방이 눈에 들어왔다. 아내의 얼굴에 달라붙은 머리를 귀 뒤로 넘겨주고 눈물을 닦아주고 싶었지만, 거미줄 같은 끈에 온통 묶여 있는 나는 바라볼 수밖에 없었다. 손을 대려고 하면 대상은 물결처럼 번져나갔다.

점심시간이 돼 삼삼오오 모여 도시락을 먹고 있을 때도 아내는 혼자였다. 멸치볶음과 김치뿐인 반찬으로 누가 볼세라 허겁지겁 밥을 마시는 듯 먹어치운 아내는 재빨리 나가서 운동장을 걷고 또 걸었다. 뜨거운 햇살이 닿기만 해도 땀이 쏟아지는 그런 날씨에 아내는 한없이 운동장을 뱅뱅 돌았다. 손을 잡아줄 수만 있다면. 여기저기 흩어져 있는 아내의 시간마다 내가 손을 잡아주고 싶다는 생각에 가슴이 타들어갔다.

방과 후에 아내는 급히 가방을 메고 교실 밖으로 달려나갔다. 아내는 피시방 건물 화장실로 들어가서 담배 하나를 급히 피웠다. 쭈그려앉아서 망을 보는 모습이 맹랑하게 귀여웠지만, 병상에 있는 아내 모습을 생각하면 가슴이 답답했다.

건물을 나온 아내는 경쾌하게 뛰어 프랜차이즈 햄버거집으로 들어갔다. 교복을 입은 남학생이 자리에서 일어나 환하게 웃으며 손을 번쩍 들었다. 까무잡잡한 피부에 우뚝한 콧날, 짙은 눈썹 아래 우묵한 눈. 어쩐지 생각이 많고 고집스러워 보이는 얼굴이 어디서 본 듯한 인상이었다. 아내보다 두 뼘 정도 더 큰 남학생은 고등학생으로 보였다. 남학생과 닮은 미소로 아내가 그의 이름을 부르는 순간 나는 직감했다. 바로 아내가 그리

위하던 그 남자였다.

"오늘 생일이지?"

"오빠, 기억하고 있었어?"

햄버거 하나와 콜라 하나를 앞에 두고서도 그들은 행복해보였다. 내 작은 아내는 벚꽃이 만개한 것처럼 환한 얼굴로 웃으며 선물상자를 뜯었다. 앞에서 선물상자를 거침없이 뜯는 게 보통 친밀한 사이가 아님을 말해주고 있었다. 상자에서 나온 건 가죽 팔찌였다. 남학생은 이미 같은 모양의 팔찌를 차고 있었다. 내가 최면에 들어가기 전에 들고 있던 바로 그 팔찌였다. 언젠가 낡은 이 팔찌를 왜 버리지 않냐고 물었을 때 아내는 추억이 담긴 물건이라고 말했었다. 이 남자가 아내의 첫사랑인가. 아내는 이때부터 지금까지 오직 이 사람만을 사랑하고 생각해왔을지 몰랐다.

그때 아내의 손목에 있는 빨간 자국이 보였다. 마치 자해를 한 것처럼 보이는 흉터였다. 아내가 내게 사고라고 말했던 그 자국이었다. 넓적해서 흉터를 가리기 충분해보이는 팔찌에는 아내의 이니셜이 새겨져 있었다.

"팔찌로 충분히 가려질 거야. 다신 안 그런다고 약속해. 그리고 널 건드는 사람은 그 누구라도 내가 가만 안 둬."

"가만 안 두면 어쩔 건데……. 내가 알아서 잘할게."

"또 너한테 그러면 죽일 거야. 내가."

고등학생밖에 되지 않는 까마득하게 어린 남자의 입에서 나온 말에 묵직한 진심이 느껴졌다. 남학생은 진심으로 내 작은 아내를 사랑하고 있는 것처럼 보였다. 눈을 보면 알 수 있었다. 교복을 입은 남학생 앞에서 나는 한없이 작아지고 있었다. 이 순간이 아내의 기억 속에서 가장 행복한 시간임이 틀림없었다. 더 이상의 최면은 불필요했다.

아내와 남학생을 보던 눈에 맺힌 눈물을 떨구는 순간 아내가 고개를 갸우뚱하더니 주위를 두리번거렸다. 소장의 이론대로라면 불가능한 일이지만 아내는 분명 나를 본 거 같았다. 오늘은 특별히 아내가 좋아하는 톰 포드 토스카나 레더를 뿌렸다. 나는 크게 소리쳤다. 내게 할 말이 있어? 있다면 지금 해. 말을 할 수 없다면 보여줘!

아내가 냄새를 맡는 듯 코를 킁킁대며 팔찌를 낀 자기 팔목을 쓰다듬는 동안 배경은 다시 집으로 바뀌었다. 술에 취한 새아버지는 아내의 머리채를 잡고 사정없이 발길질하고 있었다. 군식구가 늘어서 형편이 더 어려워졌다며 밥값을 하라는 얘기가 반복해서 들렸다. 피가 터진 입술로 쓰러진 아내의 교복 치마가 훌렁 뒤

107

공모자들

집혀 속옷이 드러났다.

아내의 다리는 온통 푸르고 붉은 멍 자국으로 가득했다. 당장 악독한 새아버지의 팔을 붙잡고 내팽개치고 싶었다. 새아버지가 이미 쓰러져 있는 아내에게 다가가 탐욕스럽게 입맛을 다시며 속옷을 벗기려는 순간 나는 그의 얼굴을 확실히 보았다. 고함을 지르며 크게 벌린 입안에 시커먼 충치가 가득했다. 그가 야산에서 발견된 변사자라는 걸 단번에 알아챘지만, 소장이 들으면 안 되는 내용이었기에 입 밖에 낼 수 없어 참아야 했다.

그때 대문을 거칠게 열어젖히고 누군가가 집 안으로 뛰어들어왔다. 아내에게 팔찌를 선물해준 그 남학생이었다. 남학생은 새아버지를 밀쳐 쓰러뜨리고 올라타 주먹으로 사정없이 얼굴을 짓뭉갰다. 뭉개진 얼굴에서 선연한 피가 흘러내려 방을 적시고 있었다.

"죽은 거야……? 이제 어떻게 할 거야? 곧 결승전인데. 오빠는, 우승해야 하는데. 나 때문에!"

아내는 이 순간에도 남학생을 걱정하며 자책했다. 남학생은 교복 위에 튀어 있는 피를 멍하니 내려다보고 있었다. 천천히 몸을 일으킨 새아버지가 주방에서 가져온 과도를 남학생에게 휘둘렀다. 남학생의 잘린 뺨에서 붉은 피가 솟구쳤다. 아내가 새아버지의 바짓단을 잡고 늘어지며 그만두라고 애원하고 있었다. 욕설을 퍼붓고 있는 새아버지의 칼날은 아내에게로 향하고 있었다. 그 순간 남학생이 신발장에서 꺼내 온 망치로 새아버지의 뒤통수를 가격했다. 쓰러진 남자는 몇 번 꿈틀거리더니 축 늘어졌다. 망치. 나는 유흥가 골목에서 만났던 한쪽 뺨에 긴 흉터가 있는 남자의 말을 떠올리고 있었다.

* * *

"소장님. 찾은 거 같아요. 아내가 가장 행복했던 기억을요. 이 기억에 대해 말해주면 될 거 같아요."

"선생님의 심장박동이 지나치게 빠르고 신체 온도가 급격하게 내려가서 위험한 순간에 최면을 중지시켰습니다. 혹시 보시면 안 될 장면을 보신 건 아닌지요?"

"그⋯⋯그런 건 아니에요."

"잘 보셨나요? 그림을 그리듯 스케치해서 말해줄 수 있으실 거 같습니까?"

나는 마른침을 한 번 삼킨 후 연거푸 고개를 끄덕였다. 왼팔에는 수액 주삿바늘이 꽂혀 있었다. 소장이 눈치를 채면 안 된다는 생각 때문에 단번에 그에 대한 경

109
공모자들

계심이 일었다. 다른 손으로 아내의 팔찌를 주머니 속에 감춘 뒤였다. 아까 본 영상에 대한 충격은 트럭에 치이는 것만큼 급작스럽고 아팠지만, 아내를 위해서라면 나는 무슨 일이든 할 수 있었다. 소장을 속여 아내에게 끔찍한 주마등으로 복수하고 싶었던 못난 생각도 태워버렸다.

때 묻고 낡은 팔찌를 만지면서 나는 남학생의 피 묻은 얼굴을 떠올렸다. 남학생은 옳은 일을 한 거다. 내가 해야 했을 일을 그가 한 것일 뿐이다. 그 남자라고 생각하면 질투와 분노가 일었지만, 남학생을 떠올리면 애처로움이 느껴졌다. 외롭고 힘들었던 아내의 인생에서 빛이 돼준 그에게 나는 고마워해야 했다. 이제 그가 내게 바라는 게 뭔지 알 것 같았다.

"더 찾아봐야 하지 않을까요. 부인의 인생에서 더 행복했던 시간이 있을 수도 있지 않겠습니까?"

"아니요. 더 이상의 신체 노화는 무리예요. 건강이 급속도로 나빠져 일상생활이 힘드네요."

"후회와 슬픔만큼 우리를 늙고 병들게 만드는 게 없습니다. 신중하게 생각해보시길 바랍니다."

소장은 손가락으로 아내의 상자에 있는 다른 물건들을 가리켰다. 건강 문제 따위야 핑계에 지나지 않았다.

나는 더 큰 고민에 잡아먹혀버렸다. 아직도 튕겨나올 듯 정신없이 뛰고 있는 심장박동 소리에 곧 혼절할 것처럼 몸이 부대꼈다. 아내의 어린 시절 모습들이 다시 떠올라 나는 주름이 진 두 손으로 얼굴을 가리고 소리 내 울고 말았다. 소장은 이런 일이 익숙하다는 듯 주머니에서 손수건을 꺼내 내게 건넸다.

* * *

위장에 고여오는 신물과 함께 아내의 옛 남자에 대한 질투심이 파고들었다. 그 질투심이 빠른 속도로 땅을 파게 했다. 장대비가 내리는 칠흑 같은 어둠 속, 아내의 새아버지 시신이 발견된 야산에서 나는 땅을 파고 있었다. 어린 학생들이 증거물을 감추기 위해 생각한 곳은 고작 묻은 시신에서 얼마 떨어지지 않은 등산로 표지판 아래였다.

어린 학생인 둘에 대한 연민으로 마음이 쓰라려 왔지만, 두 남녀가 나를 속이며 만나왔을지도 모른다는 생각은 온갖 더럽고 위험한 상상을 불러왔다. 남학생은 남자여서는 안 됐다. 남자의 뒤를 캐는 건 내게 어려운 일이 아니었다. 경찰서에 가서 사실대로 내가 아는 걸 말하고 그 증거로 아내의 가죽 팔찌와 망치를 건넨다면 그 남자는 용의자로 체포될 거다. 하지만 아내가 공모자가 되는 건 안 될 일이었다.

망치를 품속에 감추고 산에서 내려왔다. 끝이 나지 않은 고민처럼 길은 고되고 멀기만 했다.

* * *

의사는 아내에게 주어진 시간이 길어야 한 달이라고 말했다. 그 말을 아내가 듣지 못하도록 나는 아내의 귀를 가렸다. 오늘은 어머니와 아이들이 다녀갔다. 어머니는 내 몰골을 보고 사람이 어떻게 이렇게 한순간에 늙어버릴 수가 있느냐며 목 놓아 울었다. 제 엄마의 모습을 본 아이들은 큰 충격을 받았다. 아들 녀석은 오빠답게 울음을 참고 제 엄마의 손을 잡았고, 어린 딸은 소리를 내 울었다.

아이들이 온 걸 신기하게도 알아차리고 아내가 잠시 의식을 회복했다. 아내는 아이들을 보며 한없이 눈물만 흘렸다. 타인에게 피해를 끼치는 걸 극도로 꺼리던 아내는 고통에 몸부림치며 차라리 죽고 싶다는, 죽여달라는 눈빛을 보내왔지만 나는 못 본 체했다. 내 옆에 좀 더 그녀를 두고 싶다는 욕심과 남은 시간만이라도 내 곁에 머물며 나를 좀 더 사랑해주길 바란 욕심. 대답이 없는 아내 옆에 앉아서 나는 내가 보았던 아내의 기억들에 대해 끝없이 말해줬다.

이야기는 각색됐다. 아내를 사랑의 눈빛으로 바라봐주던 어린 시절의 부모님과 그녀를 아껴주던 많은 친구에 대해서도 이야기해줬다. 아내의 첫사랑에 대한 이야기는 하지 않았다. 첫사랑이 누구인지는 아직 확실하지 않으니까.

* * *

연구소의 침대에 누운 나는 이제 다른 생각을 하게 됐다. 아내의 인생에서 가장 행복했던 시간은 그 남자와의 시간이라는 걸 확신했기 때문에 이제는 그저 내가 아내의 기억을 대신 기억해주고 싶었다. 단지, 남은 아내의 물건으로 아내의 기억을 보고 싶었다. 그녀가 내게 말해주지 않았던 이야기들을 그녀 대신 품고 살아가고 싶었다. 소장은 고개를 끄덕인 뒤 나뭇가지를 흔들었다.

* * *

　아내에게는 불행한 기억만 있는 게 아니었다. 아내는 적극적으로 생의 의미를 찾기 위해 매 순간 사투하는 사람이었다. 나는 아내에게 그토록 많은 표정과 다채로운 삶의 순간들이 있는지 몰랐다. 고등학생이던 어느 날엔 비를 맞고 있는 굶주린 길고양이를 집으로 데려와서 키우기도 했고, 대학생 시절에는 보육원에 정기적으로 방문하며 야학에서 아이들을 가르쳤고 오지에 봉사하러 가기도 했다. 수많은 아르바이트를 하면서 밤을 새워 공부하던 아내는 엉엉 울다가도 큰 소리로 파이팅을 외치며 웃었다. 장모님이 아내의 머리를 한참이나 예쁘게 빗질해 준 뒤 앵두 머리 끈으로 묶어주던 기억을 반복해서 떠올리며 어머니에 대한 사랑을 잊지 않았다. 사업 실패 후 술과 담배로 요절한 장인을 잊지 않고 무덤을 찾았다.

　아내의 만년필을 쥐었을 때 나는 그 어느 때보다 긴장했다. 글을 쓰는 걸 좋아했던 아내가 이 만년필로 분명 첫사랑에게 편지를 썼을 거란 상상 때문이었다. 하지만 내가 본 건 전혀 생각지 못했던 광경이었다. 아내의 잦은 외출과 외도를 연결 지으며 의심했던 그 모든 시간이 나를 나무라며 눈 앞에 펼쳐지고 있었다.

아내는 사회복지사로 일하고 있었다. 아내는 단 두 평 남짓한 쪽방촌에서 할머니와 라면을 나눠먹고 있었다. 화장실도 없어서 씻기 위해 일주일에 한두 번 버스를 타고 노인종합복지관에 가야 한다는 할머니의 하소연을, 아내는 손을 맞잡고 들어주고 있었다. 주민들과의 갈등도 많았지만, 최선을 다해 정확한 업무처리를 하며 열성과 마음을 다하는 아내의 모습에 그들도 마음을 열기 시작했다.

동사무소 근처 편의점에서의 삼각김밥과 캔 커피 하나가 하루 식사의 전부였고, 종일 민원인을 상대하고 기초생활보장 수급자 현장 방문을 다녔다. 아내는 자주 허리를 굽혀 인사하고, 사람의 눈을 마주치며 환하게 웃고, 항상 손을 잡아주고 등을 다독여주고 있었다. 타인의 손길만 닿으면 뒤돌아 바로 손을 소독제로 닦고 진저리를 치던 내가 보기에는 이해할 수 없는 모습이었다.

아내가 직접 뜬 아이들의 배냇저고리와 털신을 통해서 아내가 아이를 갖기 전에 얼마나 두려워서 했는지, 그 슬픔과 기쁨을 보았다. 아내는 자신이 겪은 불행 때문에 엄마가 되는 걸 두려워했다. 산부인과 앞에서 몇 번씩이나 발길을 돌리는 아내의 모습을 봤다. 아내는 내가 기념일마다 선물해준 꽃의 꽃잎을 떼어 하나하나 말려서 보관하고 있었다. 아내와 눈도 제대로 마주치지 않고 꽃다발을 건넨 뒤 돌아서는 내 뒷모습만 끝없이 재생될 뿐이었다. 나는 이 꽃잎처럼 많은 약속과 많은 거짓말을 했었다.

* * *

아내의 시간은 채 일주일이 남지 않았다. 의식을 잃은 상태였다. 아내가 죽으면 아내의 물건을 통해서도 더 이상 기억에 접속할 수가 없다고 소장은 말했다. 나는 마지막으로 아내의 결혼반지를 집어들었다. 결혼생활 내내 반지를 빼지 않았던 아내였다. 아내가 결혼 후에도 그 남자를 만났을지 모른다는 의심. 그 못난 마음은, 그런 아내의 기억조차 내가 기억해주고 싶다는 변명으로 합리화됐다. 이 반지 안에 결혼생활 중의 아내의 생각이 고스란히 담겨있을 거라는 생각이 들어 미뤄왔다. 장례가 남겨진 자들을 위함이듯이 나도 남겨질 나를 위해 아내의 기억을 얻고 싶었다. 나는 여전히 이기적이었다.

"부인을 위해 준비할 주마등은 이미 선택하셨고, 이

제 마지막 최면입니다. 후회 없으시겠죠?"

소장의 말에 나는 고개를 끄덕인 후 나뭇가지에 눈길을 맡겼다. 반지는 긴 사슬처럼 늘어지며 나를 칭칭 감아 온몸을 터트릴 듯 조여왔다. 나는 이제 익숙한 고통을 순차적으로 받아들이며 신음을 삼켰다.

* * *

봄바람이 꽃내음을 실어보내는 한낮의 공원에는 피크닉을 하러 나온 사람들 자전거를 타러나온 사람들로 북적였다. 아내와 내가 있는 곳은 조명이 비치듯 밝게 빛나고 있었다. 나는 유독 빛나는 우리를 한눈에 찾아볼 수 있었다.

"이게 직접 만든 쿠키라고?"

내가 건넨 쿠키를 받아들고 환하게 웃던 아내는 한 입 베어 물더니 감탄사를 연발했다.

"맛이 괜찮아? 나는 사실 제빵사가 되고 싶었어. 내가 만든 베이커리를 누가 맛있게 먹는 모습이 가장 행복한 거 같아. 내가 누군가에게 기쁨과 즐거움을 줄 수 있다고 생각하면 가슴이 벅차올라."

"그런데 왜 꿈을 포기했어?"

아내는 늘 내가 감정을 숨기지 않고 드러내길 바랐다. 드러낸 감정은 늘 아내가 품어줬기 때문에 수치심이 사라지곤 했다.

"재수하고 몰래 제빵학원에 다니고 있었어. 아버지한 테 걸린 거지. 아버지는 날 경찰서로 데려가셨어. 거짓 말하면 어떻게 되는지 보여주겠다고. 그런 다음엔 서울 역으로 데려가서 신문지를 덮고 자는 걸인들을 보여주 셨지. 돈을 좇지 않으면 저런 삶을 살게 될 뿐이라고."

"자기가 언젠가는 꼭 원하던 삶을 살 수 있었으면 좋 겠어. 그런데 쿠키는 눈물 나게 달고 맛있어!"

내 이야기를 들은 아내는 눈물을 흘렸다. 아내의 눈물 에 내 상처가 치유되고 있었다. 무서운 괴물들과 곰팡 이가 가득한 내 비밀의 방에 햇빛이 드는 느낌이었다. 이 여자를 놓치지 않아야겠다고 생각했다. 주머니에 따 로 포장된 쿠키를 아내에게 건넸다. 쿠키를 반으로 쪼 갠 아내는 그 속에서 나온 반지를 보고 눈이 동그래졌 다. 나는 묘한 표정을 짓는 아내 앞에서 결혼해달라고 프로포즈하고 있었다. 내게 저런 시절이 있었다니 믿기 지 않을 정도였다. 계산된 표정을 짓고 있지 않은 나는 완전히 다른 사람이었다. 갑자기 소나기가 내렸다. 나와 아내는 손을 잡고 비를 피해 건물의 처마 밑까지 뛰어갔다.

"당신처럼 해맑고 잘 웃는 사람을 본 적이 없어. 당신
이 웃으면 나도 밝고 환해지는 거 같아. 당신의 에너지
를 얻으며 살고 싶어. 내 옆에서 늘 그렇게 웃어주기만
해. 평생 함께해 줄 거지?"

아내는 손가락에 있는 반지를 만지며 행복하다고 말
했다. 이렇게 행복한 적은 처음이라고 말하며 웃었다.
비를 맞은 아내의 얼굴을 소매 끝으로 닦아주면서도 나
는 그게 눈물인지 몰랐었다. 나는 내 감정에 취해서 아
내의 눈빛을 알아보지 못했을 게 분명했다. 고통과 외
로움과 슬픔을 알아봐주지 못하고 아내의 밝음과 아름
다움만 취하려고 했던 나를 아내는 얼마나 원망했을까.
그 속에서 아내는 얼마나 외로웠을까. 손을 뻗어 아내
를 안아주고 싶었다.

물결처럼 번지는 영상 속에서 아내는 점점 멀어져갔
다. 깨어나고 싶지 않은 기억이었다. 코마 상태가 돼도
좋았다. 이 기억 속에 숨어 영원히 머물고 싶은 나머지
나는 몸을 묶고 있던 끈들을 찢어발겼다. 눈을 뜨니 소
장이 내게 심폐소생술을 하고 있었다. 최면에서 깨어나
서도 눈물을 멈출 수 없었다. 나를 납치하듯이 기억에서
끄집어낸 소장이 원망스러워 어금니를 꽉 깨물었다. 나

는 겨우 숨을 고르고 입 밖으로 말을 내뱉었다.

"찾았어요. 내 아내의……. 가장 행복한 순간을."

* * *

다음 날 나는 교외에 있는 친구의 공방으로 갔다. 전
시회로 바쁜 친구가 공방에 없다는 걸 미리 알고 있었
다. 공방의 비밀번호 또한 알고 있었다. 전신 거울 속에
는 수분이 다 말라서 가로 세로로 구겨진 노인의 모습
이 보였다. 미리 준비해온 케이크와 꽃다발을 친구의
책상에 올려놓고 전기가마를 작동시켰다.

경찰의 본격적인 수사가 시작되며 변사자에 대한 제
보가 늘었다는 소식을 들었다. 내가 사는 아파트는 조
금만 탄내가 나도 경고음이 울렸다. 쓰레기를 버리거나
산에 가서 무언가를 태우는 행위도 위험하다. 조심스러
워야 했다. 수십 번을 소독한 망치는 녹일 수 있는 방법
을 찾지 못해서 아무도 모르는 곳에 숨겨놓았다. 필요
하다면 망치를 통해 남자의 기억 속으로 접속할 수 있
을지 모른다는 계산도 있었다.

머플러를 풀고 담배를 피우다 불똥을 떨어뜨렸다. 머
플러의 구멍이 커질 무렵, 옷 안에 감추고 있던 팔찌를

머플러에 싸서 가마에 넣었다. 흔적도 없이 사라진 그
것의 흔적처럼 고통의 기억이 사라지길 빌었다. 전기가
마를 작동시킨 이유는 그렇게 설명될 거였다.

　건물의 입구에서 몸을 부딪쳐온 친구의 조수는 나를
보고도 전혀 알아보지 못한 채 영감님 죄송하다고 말했
다. 허탈한 나머지 큰 소리로 웃고 말았다.

＊＊＊

　오늘은 분장이 잘됐다. 늙어버린 모습을 아내에게 보
여줄 수 없다는 생각에 메이크업을 받고 흰 머리도 미
리 염색했다. 의사는 마음의 준비를 당부했다. 어머니는
만류했지만 나는 제 엄마의 마지막 모습을 보기 원하는
아이들을 병원으로 데려왔다. 아이들에게도 충분히 슬
퍼하고 완전하게 작별할 권리가 있다고 생각해서였다.

　나는 아내에게 보여주려 직접 구운 케이크를 가지고
왔다. 아내가 그 케이크의 향을 맡길 기대했다. 한 무리
의 초라한 행색의 사람들이 병실로 들어와 간호사가 만
류했지만, 그들은 자신들이 아내의 친구라고 말했다. 그
들이 아내의 기억 속에 있던 쪽방촌 사람들이라는 걸
한눈에 알아볼 수 있었다. 사회복지사라고 자신을 소개

한 젊은 남자는 내게 악수를 청했다. 곧 죽을 여자의 남편 앞에서 악수라니. 불쾌감에 휩싸인 찰나 나는 그의 얼굴을 보았다. 뺨 한쪽에 깊은 흉터가 있는 그의 얼굴에서 남학생의 얼굴이 보였다. 그는 잘 숨어 있구나, 나는 안심했다. 그가 내민 손을 힘주어잡았다.

"당신의 이니셜은……."

"K · C · Y입니다. 똑같아요. 술은, 이제 끊으셨죠? 그리고 제가 부탁한 건……."

"걱정하지 마세요."

변사자와 남자의 이니셜이 같으니 팔찌에 대해서 걱정하지 말라는 뜻이었고, 그가 부탁한 망치는 내가 처리했다는 뜻이었다. 그의 짙은 눈썹 아래 우묵한 눈이 애써 미소를 만들고 있었다.

그들은 아내가 노래방에서 즐겨 불렀던 노래를 불러주겠다고 했다. 아내는 행복하고 흥겨운 마지막을 부탁했다고, 슬퍼하지 말라 부탁했다고 했다. 들쭉날쭉한 음정과 박자로 윤하의 「사건의 지평선」을 부르는 그들을 나는 말리지 않았다. 굳이 기억에 접속하지 않아도 노래방에서 노래를 부르는 아내의 모습을 생생히 눈앞에 떠올리면서, 나는 아내의 약지에 결혼반지를 끼워줬다. 아내의 입술은 굳게 닫혀 있었지만, 그 순간 나는 아내의 목소리를 들었다. 내 몸속에서 신경과 피와 살을 뒤흔들며 울려오는 소리였다.

"슬픔과 기쁨이 하나로 이어진 것처럼 당신을 가장 미워했고 가장 사랑했어. 당신을 오랫동안 그리워해왔어. 여보. 이제 당신을 두고 떠나야 하는데 외롭고 두려워."

아내가 기적처럼 눈꺼풀을 들어올려 주위를 둘러보자 소장은 아내의 귓가에 무언가를 속삭였다. 소장이 아내의 이마에 손을 대는 순간 고목처럼 큰 소장의 몸에서 뻗어 나온 길고 가느다래한 가지들이 아내를 천천히 들어 올리는 환영이 보였다.

"달콤해. 쿠키 맛이 참 달콤해……."

아내의 마지막 말이었다. 눈을 감은 아내는 미소를 짓고 있었다. 아내의 얼굴 위로 쏟아져내리던 빛들이 주위에 있던 사람들의 슬픈 얼굴을 어루만지자 미소가 번져나갔다. 단단했던 죽음이 부드러운 빛으로 잘게 부서져 삶의 빛으로 이어지는 걸, 나는 분명히 봤다.

* * *

나는 제빵사 자격증을 취득하고 베이커리를 열었다. 베이커리의 이름은 알리움. 신세대 감각으로 빵을 만드는 할아버지 제빵사는 인기가 많았다. 전 재산은 아내가 후원하던 곳들에 나눠 기부했다. 아내의 남자는 이따금 내 베이커리에 들러 빵을 사간다. 생존 신고와 비밀 유지를 위한 우리만의 거래이자 약속이다. 빵 맛을 알게 돼 제법 살이 붙고 미소도 지을 줄 알게 된 남자의 얼굴은 내게 위로를 준다.

세상에는 영원한 슬픔이 존재한다. 누군가에게 슬퍼하기를 그만두라는 위로를 해서는 안 된다. 슬픔이 존재하는 이유는 분명하다. 그 슬픔을 견뎌낸 이들을 기억하기 위해서. 사랑하는 사람을 잃기 직전에 후회로 고통받고 있는 누군가가 있다면 내 베이커리로 와서 명함을 받아 가길 바란다. 아 참, 소장은 최근에 또 연구소를 옮겼다. 넝마 자루 같은 긴 로브를 걸친 장발의 히피족 같은 남자는 신뢰가 가는 인상이 아니겠지만 그를 한번 믿어봐도 좋을 거다. 무엇보다 우선 당신이 믿음을 가져야 한다.

작가의 말

사실은 달아나고 숨기 위해 글을 쓴다. 글 속에 내 모습과 감정들을 숨겨놓은 다음 서투르게 덧칠한다. 아무도 모르길 바라면서도 또 누군가가 찾아내주길 바란다. 찬란한 허구는 멀기만 하다. 슬쩍 끼워넣는 자기연민과 못난 마음들을 솎아 내기가 어렵다. 누군가가 내 글을 읽고 한 문장에서라도 머물 며 쉼을 얻어간다면 행복하다는 생각이다. 공감해준다면 더할 나위가 없겠지만 숨겨놓은 내 마음을 발견해준다면 얼싸 안고 울고 싶다는 마음이다.

우리가 글을 통해 숨바꼭질하다가 서로를 발견하고 정면 으로 마주친다면, 그때만큼은 글자를 던져버리고 마음껏 안 아줄 수 있었으면 좋겠다.

어둠의 오선지,
빛의 음표

유현윤

제2의 고향인 혜화역에서 법학을 전공하던 중 대학 도서관에서 독서를, 공연장에서 관극을, 영화관에서 관람을 복수로 전공해 다양한 형태와 장르의 이야기들을 사랑하는 독자 겸 관객이 됐고, 제8회 디지털작가상에 입상하며 작가의 길을 걷게 됐습니다. 콘진원 원작소설 창작과정과 창작소재 발굴 워크숍, 과학창의재단 과학스토리텔러 심화과정 등을 수료하였고, 서울국제도서전 STORY TO BOOK 작품에도 선정되며 다양한 장르적 특징이 융합된 작품들을 집필하고 있습니다.

친형이 죽었습니다.

편지지를 펼치자마자, 재희는 서울행 기차에 몸을 싣기로 결심했다.

우체국 당일특급으로 도착한, 겉봉의 발신인은 박시훈이지만 안에는 그의 남동생인 영훈이 직접 쓴 손 편지를 재희는 KTX 안에서 몇 번이나 다시 읽고 있었다.

민재희 박사님께

갑작스럽게 이런 내용의 편지를 보내드리게 돼 죄송합니다.

저는 민 박사님께서 일전에 택배를 주고받으신 박시훈의 남동생, 박영훈이라고 합니다.

친형이 죽었습니다.

처음 형을 발견했을 때, 경찰은 형이 극단적인 시도를 한 걸로 봤습니다.

아직 목숨이 붙어 있을지 모를 형을 살리겠다고, 사건 현장을 어지럽힌 건 저였으니까요.

당시의 저는 형사의 본분을 완전히 망각하고 말았습니다.

다시 열흘 전 그 순간으로 돌아간다면, 아니 그보다 더 이전으로 돌아가서 아예 형이 죽지 않도록 제가 무슨 수를 써서라도 막아내고 싶습니다.

저에게 형은 자살할 사람도, 살해당할 사람도 아니었습니다.

삶에 비관할 사람도 아니었고 누군가의 원한을 살 사람도 아니었습니다.

하지만 저는 생전의 형에 대해 너무도 몰랐나 봅니다.

형의 죽음에 대한 진실이 밝혀지더라도, 자살 아니면 타살 둘 중 하나가 될 테니까요.

아주 잠시, 재희는 시선을 차창 밖의 하늘로 향했다. 햇볕이 드는 방향과 반대편 창가 좌석으로 예매하고 특수안경을 착용한 만큼 눈이 아프지는 않았다.

대신 마음이 시리도록 아파왔다.

정확한 사인이 밝혀지더라도 결국 생전의 박시훈을 지켜주지 못했다는 부채감은 깊은 상흔이 돼 박영훈처럼 남겨진 자의 삶에 영원한 자리 잡을 거다.

그렇게 아파하는 사람이 박영훈 하나만이 아니라는

것도.

저의 대처가 그러했던 것처럼, 초동수사도 극단적 선택을 염두에 두고 이루어졌습니다.

형은 오래전부터 장기 기증, 사후 조직과 각막 기증을 신청해두었던 만큼, 부검과 기증이 동시에 진행됐습니다. 검시관과 부검의의 소견은 공통적으로 '손목 경동맥 자창에 의한 실혈사'입니다.

유서는 발견되지 않았지만 형이 최근 일을 쉬고 있었던 점, 갑작스러운 전색맹 증상으로 형의 인생이 뒤바뀌었고 취업에 제한이 있었던 점이 자살 동기가 될 수 있다고 판단됐습니다.

이 내용을 민 박사님께 말씀드려야 한다는 것만으로도 너무 죄송스럽습니다.

민재희는 선천적 전색맹이고, 박시훈은 후천적 전색맹이었다.

만일 재희 자신이 당장 죽은 채 발견되고 사인을 확정하기 어렵다면, 재희의 전색맹 증상도 이렇게 평가됐을까?

"이렇게 멀리까지 와주셔서 너무도 죄송하고, 또 감사드립니다."

약속 장소인 카페에서 영훈은 무척이나 수척해진 얼굴을 제대로 들지 못했다.

"형사님께서, 이 사건도 담당하고 계신가요?"

"아뇨, 형의 사건에서 저는 제1 발견자이자 유가족으로서 중요 참고인입니다. 수사에서는 배제될 수밖에 없죠."

마침 두 사람이 주문한 음료가 나왔다. 꽃차를 손에 든 재희가 먼저 그 향기를 음미하는 모습을 보며 영훈도 라떼를 한 모금 마셨다.

"지금 여기서 박사님을 뵙는 것도 형사가 아닌, 유가족으로서 자문을 부탁드리기 위함입니다."

10월 10일 월요일. 비번이었던 영훈은 이날 오전 친형 시훈과 만날 약속을 잡아놓았다.

"약속했던 11시보다 조금 늦을 거 같다고 카톡을 보냈죠. 차에서 내리면서 보니 확인을 안 했더군요."

형제가 서로의 집을 방문할 때, 초인종 한 번 누른 다음 직접 현관 비밀번호를 누르고 들어가는 게 오랜 습관이어서 이번에도 그렇게 했다. 바닥에 꽤 많은 수의 비디오테이프가 놓여 있었고, 그 옆에 시훈의 폰도 있었다. 그럼 시훈은 집 안에 있다는 의미가 된다.

형, 나 왔어.

욕실 스위치가 눌러져 있고 물소리가 들려서, 이번엔 노크를 하고 문을 열었다.

"……핏빛 욕조 속의 형을 끌어내고, 지혈하고, 어떻게든 심폐 소생시키겠다고……. 결국 현장은 보존될 수 없었죠, 저 때문에. 형사 실격, 아니 그 이전에 가족으로서도 실격인 거죠, 저는."

손목을 그은 걸로 추정되는 흉기가 어디쯤 떨어져 있었는지, 영훈은 정확하게 기억하지 못할 정도였다. 재희는 잠시 기다렸다가, 조심스레 말을 이었다.

"수사 초기엔 자살 가능성에 무게를 뒀다고 하셨죠. 그럼……, 그 반대의 가능성으로 무게추가 옮겨가게 된 계기가 있나요?"

영훈의 편지에는 그 내용까지 적혀 있진 않았다. 그는 미안함이 가득한 목소리로 어렵사리 말을 꺼냈다.

"박사님께서도 형에게 비디오테이프 변환을 부탁하셨죠."

* * *

그날의 인터뷰가, 그때 본 워크맨이 모든 일의 시작이

었다.

경찰공무원을 채용할 때 중증 색각 이상을 지닌 지원자의 응시 기회를 전면 제한하는 임용 규정 개정을 인권위가 수차례 경찰청장에게 권고하던 중 진행된 특집 인터뷰. 인권위는 전문 분야에서 활약 중인 전색맹 5인의 인터뷰 기사를 발표하여 색각 이상자에 대한 편견과 오해를 줄여나가고자 했다.

첫 번째 인터뷰의 주인공인 박시훈 음향 디자이너는 극소수라는 전색맹 중에서도 이례적인 후천적 전색맹이었다. 대학 졸업을 앞두고 대인 교통사고로 장기간 혼수상태에 빠졌었고, 기적적으로 목숨을 부지하고 건강을 회복했지만, 그가 바라보는 세상은 색채를 잃게 됐다. 뺑소니 교통사고였고, 10년 전에 공소시효가 만료된 지금에 와서도 범인이 누군지 밝혀지지 않았지만, 박시훈은 누군가를 원망하고 책임을 묻는 방법을 모르겠다고 했다.

친동생이 현직 강력팀 형사로 재직 중인 만큼 박시훈은 인터뷰에 굉장히 조심스러웠다. 군대에서도 특정 병과들에서는 색각 이상자를 엄격히 제한하는 만큼 경찰의 입장 또한 충분히 이해한다고 밝히기도 했다. 자신의 시력이 약해지고 색각 기능을 잃어버린 만큼 소리의 표현에 극도의 집중력을 발휘할 수 있었고, 결국 전공과도 무관한 음향 디자이너로서 성공할 수 있었다.

또 현장에서 범인을 검거하는 것만이 경찰 업무의 전부가 아닌 만큼, 색각 이상이 지원 단계에서부터 배제되는 일이 없기를 우회적으로 소망하기도 했다.

인터뷰의 마지막 주인공이었던 재희는 5인 중 유일하게 여성으로, 상대적으로 색각 이상 발생 확률이 낮은 여성 선천적 전색맹이라는 점에서, 박시훈만큼이나 매우 희귀한 전색맹 사례였다.

"흑과 백의 세계에서도 '다채롭다'라는 말은 사라지지 않습니다."

태양광으로부터 약한 눈을 보호하기 위해 재희는 평생 특수안경을 착용하고 살아야 한다. 일부 직종에서의 취업 제한도 필연적이었다.

"해가 지고, 다른 사람들이 인공의 빛으로 억지로 어둠을 몰아내려 할 때, 저는 어둠이 바탕이 되는 세계의 진정한 아름다움을 볼 수 있으니까요."

재희는 '전색맹'이라는 표현보다, '야간 시력'이라는 표현이 정확하다고 의견을 밝혔다.

"색의 결핍이 아닌, 저처럼 야간 시력의 삶을 사는 사람이 있고, 여러분처럼 주간 시력의 삶을 사는 사람이 있을 뿐입니다."

별빛 우주의 찬란함을 사랑하게 된 재희는 대학에서 천체물리학을 전공하여 박사 과정까지 마치고, 한국천문연구원에 소속됐다.

"말 그대로 천직이죠. 하늘이 내려준 직업, 하늘을 바라보는 직업, 하늘을 사랑하는 직업."

별은 오직 밤하늘에서만 관측할 수 있다. 전색맹은 빛을 섬세하게 파악해 '일반인'은 식별 불가능한 오묘한 스펙트럼을 볼 수 있다. 주간 시력자들보다 야간 시력자들의 장점이 더욱 부각 되는 대표적 직군인 셈이다.

"새로운 소행성을 발견하면, 그 순간의 제가 가장 사랑하는 단어로 이름을 붙일 겁니다."

역사적으로도 위인의 반열에 오른 과학기술인들의 이름을 붙이는 전통에 어긋나는 건 아니라며 재희는 여유롭게 웃었다.

"저도 그분들만큼 학문적 성취를 이루려고요. 그리고 사랑 또한 인류사의 위대한 성취 아니겠어요?"

* * *

인터뷰를 마치고, 재희가 기다렸다는 듯이 테이블 위

에 놓여 있던 워크맨을 가리키자, 에디터는 말 안 해도 알겠다는 듯이 웃으며 먼저 입을 열었다.

"박물관에나 있을 법한 비주얼이죠?"

"저도 썼던 제품이어서 신기해요. 서랍 어딘가에 있긴 있을 텐데, 배터리 갈아주면 잘 돌아갈지는 모르겠네요."

"우리 때 다 똑같았잖아요. 영어 공부 열심히 할 테니, 학교 수업 녹음해서 반복해서 들으며 공부할 테니 워크맨 사달라고."

"녹음 기능이 들어가면 훨씬 비쌌죠."

"맞아요. 저에겐 학창 시절의 친구와도 같아서, 지금까지 버리지 못하고 가지고 다닙니다. 이 친구와 함께 다니는 것도 이번이 마지막이지만……."

표정이 다소 쓸쓸해지는 에디터의 모습에 재희까지 애가 탔다.

"그럴 수가, 수명이 다 했나요?"

"그보다는 디지털 파일로 변환하는 작업을 더 이상 할 수 없게 됐어요."

워크맨만큼이나 오래된 듀얼 플레이어 데크에 카세트테이프나 비디오테이프를 넣고 PC와 연결하여 변환해야 하는데, 낡은 듀얼 플레이어 데크는 고장이 나지 않았건만, PC 메인보드의 수명이 다해 새로운 기종으로 바꿔야 했다.

"이제 듀얼 플레이어 데크를 인식하는 구형 메인보드를 탑재한 컴퓨터도 희귀해져서…… 이 또한 저물어가는 역사가 됐죠. 그래서, 아 혹시 박시훈 음향 디자이너님 인터뷰 기사 보셨나요?"

"네, 그럼요."

"그분께서 가져가셨어요. 직접 소리를 만들어내는 직업이다 보니 아날로그 기기도 여전히 사용 중이고, 세대별로 여러 기종의 컴퓨터를 갖고 계셔서, 듀얼 플레이어 데크 연결이 가능하다고 하시더라고요."

이 워크맨은 제가 평생 간직하겠지만, 하고 에디터는 살짝 웃어보였다.

"인터뷰 관련해서 얼마 전에 연락을 주고받았는데, 아주 요긴하게 사용 중이셔요. 오래된 카세트나 비디오 테이프들을 디지털로 변환하는 작업, 아니 자원봉사라고 해야겠구나. 무료 봉사 활동 중이시라고."

인터넷을 찾아보면 테이프를 디지털 파일로 변환해주는 업체를 쉽게 찾아볼 수 있다. 그렇지만 비용 문제보다도, 테이프에 기록된 영상과 음성은 나만의 추억, 사생활의 영역이라는 점에서 인터넷 검색만으로 알게 된 사설 업체에 맡기기엔 심리적 장벽이 높은 것도 사실이다.

"그런데 박 기사님이 일단 아는 사람들의 테이프들을 받아다가 변환해주고, 테이프 속에 있던 사람들이 오랜만에 모여 추억에 젖어 같이 보다가 '혹시, 내 것도 해주실 수 있을까.' 하고 맡긴 테이프도 변환해주고 하는 식으로 신뢰의 입소문이 퍼져서 심리적 장벽을 무너뜨린 거죠."

에디터의 절친이 어렸을 때, 고급 오디오에 마이크까지 들여놓은 기념으로 거실에 모인 가족들이 다 같이 노래하고 떠들며 녹음해둔 카세트테이프들이 있었다고 한다. 시간이 흘러 마이크와 오디오는 첫날 이후 제대로 사용하지 못한 채로 사라졌고, 어머니께서 세상을 떠나신 후에 처음으로 맞이하게 된 명절날. 다시 모인 가족들은 거실 서랍장에 고이 보관된 테이프들을 찾아냈다. 어린 시절 함께 웃고 즐겁게 떠들던 그리운 시간이 테이프에 녹음돼 있었지만, 들을 방도가 없었다.

그런 절친의 연락을 받은 에디터는 박시훈에게 부탁을 전했고, 흔쾌히 자신의 주소를 알려준 박시훈이 택배로 받은 테이프를 mp3 파일로 변환해서 클라우드에 업로드한 뒤 링크를 보내주고, 다시 테이프를 발신인

주소로 돌려보내줬다고 한다. 절친도 에디터도 너무 고맙고 미안해서 박시훈에게 어떻게든 사례하려 했으나, 박시훈은 끝까지 거절했다는 일화에 재희의 마음 한편도 찡해졌다.

"자기는 업무상 택배나 퀵 이용할 일이 워낙 많고, 저한테 듀얼 플레이어 데크를 무료로 받은 만큼, 그 기기로 작업한 일에 보수를 받으면 안 된다면서요. 박 기사님이 자차 끌고 제 사무실로 오셨던 김에 직접 가져가셔서, 그분의 수고스러움만 있었지 제가 들인 비용은 전혀 없었는데 말이죠."

에디터의 표정은 굉장히 뿌듯했다. 자신이 사용했던 오래된 기기가 좋은 사람에게 가서 좋은 일에 쓰이는 것에 행복한 얼굴이었다.

"……저도 하나만 부탁드려도 될까요?"

그게 박영훈 형사가 유가족의 자격으로 재희에게 연락한 계기가 돼준, 박시훈과 민재희의 인연이었다. 서로의 연락처도, 이메일 주소도, 카톡 ID나 오픈채팅 링크도 주고받지 않은 인연.

그 자리에서 에디터가 박시훈과 통화를 한 다음, 재희가 박시훈에게 맡긴 건 부모님의 부부 동반 해외여행 당시, 여행사에서 찍어준 비디오테이프와 16G USB였다. 러닝타임이 짧아서 변환된 파일이 대용량도 아니고 당장 급하게 필요한 자료도 아닌 만큼, 굳이 클라우드에 올려주지 않고 비디오테이프를 반송할 때 USB에 담아서 보내주는 게 나을 거 같았기 때문이다. 수취인 주소도 박시훈의 집이 아닌 당시 그가 공연 스태프로 상주했던 극장이었고, 반송 주소도 재희의 집이 아닌 한국천문연구원이었다.

그런데도 영훈이 재희를 긴히 만나자고 했다는 건, 시훈의 아날로그 테이프 디지털 변환 작업이 사건과 깊은 연관이 있기 때문이리라.

* * *

"형은 사건 당일에도 비디오 변환 작업을 하고 있었습니다."

화면을 일일이 체크하진 않고, 다른 일을 하며 변환 작업을 병행하는 일이 많았다고 한다.

"그러니 편집을 전혀 하지 않고 원본 그대로 디지털 파일로 변환하고 업로드해서, 원본에 오류가 있는 걸 모르고 보낸 적도 몇 번 있었다고……, 어차피 무료로 해주는 일이어서 그에 대한 클레임은 없었어요. 형도 좋아서 하는 일이니까, 오류가 발생했다고 하면 별 부담 없이 내용을 돌려보며 재검토하곤 했죠."

아날로그 테이프를 디지털 파일로 변환하는 게 어려울 뿐, 한 번 파일로 저장되면 가정용 PC나 노트북은 물론, 스마트폰으로도 손쉽게 편집과 보정이 가능하다.

"형의 사망 추정 시각이 10월 10일 9시에서 11시 사이인데, 변환 작업을 전부 마무리하고 mp4 파일들을 클라우드에 업로드한 시각이 6시 52분입니다."

그다음 간단하게 아침 식사를 하고 설거지까지 마쳤다고 한다.

"형은 변환된 내용을 보지 않는다고 했지만, 혹시나 변환된 파일에 사건성이 있는지 제가 전부 확인한 다음, 원 주인에게 비디오테이프들을 가져다줬습니다."

고등학교 합창단 기록 테이프였다. 기수별로 합창단 명단과 지도 교사가 학교 기록에도 명기돼 있어서 확인이 비교적 수월했다.

"그런데 비디오테이프에 피가 묻어 있다는 거예요."

라벨 스티커의 적갈색 부분의 눈에 잘 띄지 않는 얼룩. 지문 채취를 시도했던 감식반에서도 파악이 안된 사항이었다고 한다.

"이분이 형에게 테이프를 맡길 때, 기념 삼아 촬영한

인증 사진이 있는데 그 인증 사진 속 테이프와 비교해 보니까 비로소 눈에 띄더라고요."

영훈은 양해를 구한 뒤, 장갑을 끼고 테이프들을 전부 경찰서로 옮겼다. 재감식 결과 사람의 피임이 밝혀졌고 더 나아가 Rh+ A형인 것까지 확인됐다.

"돌아가신 부모님도, 형도, 저까지 전부 Rh+ O형입니다."

성별을 비롯한 추가 정보는 확인이 어려웠다. 라벨 스티커 자체가 워낙 오래됐고 재질상 오염이 쉬웠기 때문이리라.

"그렇지만 혈액형과 혈흔의 분포에서나마, 제3자가 현장에 있었다는 확률이 높아지면서 타살 가능성에 무게가 실린 거죠."

오래된 빌라여서 승강기도 없고 복도나 현관에 CCTV가 설치돼 있진 않지만, 스무 개의 테이프를 가져온 10월 8일 오전부터 사건 발생일일 10월 10일까지 직장 동료나 지인과 가족 중에서 박시훈의 집에 방문한 사람은 없는 걸로 확인됐다. 한글날이 일요일이었던 만큼 주말 동안 택배가 도착한 것도 없었다.

"책상 위에 놓여 있는 형의 지갑도 그 안의 지폐도 그대로 있었습니다."

금품을 노린 강도 목적에 의한 범행은 아니며, 실내에

서 몸싸움의 흔적도 발견되지 않았다.

"제3자에 의한 살인이라면, 이를 자살로 위장하고 자기의 흔적을 거의 남기지 않을 만큼 치밀했다면 계획적인 범행이었다는 거죠."

그렇다면 박시훈이 누군가의 원한을 살 일이 있었을까.

"가족과 주변인 수사는 충분히 진행된 만큼, 혹시 형이 변환했던 테이프들에 범죄 현장이나 증거가 촬영 혹은 녹음된 게 있는지 사건성 여부를 확인하기로 했습니다."

박시훈은 변환한 파일들을 클라우드에 업로드한 뒤, 다운로드가 확인되면 테이프를 원 주인에게 반송하고 파일들은 클라우드에서도 컴퓨터 하드에서도 삭제했기에, 사건 당일 변환 작업했던 합창단 기록 비디오테이프밖에 남아 있지 않았다.

"대부분 학생들이 노래하는 장면들 뿐입니다. 합창대회에선 관객석이 잠깐잠깐 촬영돼 있고, 교내 공연에서 참관하는 학부모들의 모습이 보이긴 했지만 형과 연관시킬 만한 단서는 없었어요."

하지만 경찰은 일말의 가능성을 포기하지 않고, 박시훈에게 디지털 파일 변환을 의뢰한 사람들 전원에게 수사 협조를 구했다.

"형은 클라우드에 업로드한 뒤 파일명/러닝타임/용

량을 적어서 링크를 톡이나 문자로 보낸 게 남아 있으니까요."

유일한 예외가 USB로 파일을 받은 민재희이다. 재희는 부모님께 양해를 구하고 해당 영상을 영훈에게 전송했다.

"이게 그 명단입니다. 형이 맡은 작업 순서대로 작성됐습니다."

	내용	종류	시간	용량	일시	비고
1	결혼식	비디오	60분*2	1gb*2	1993. 7.	
2	영화 '영웅본색' 3부작	비디오	120분*3	2gb*3	1997. SBS 방영	
3	초등학생 학예회	비디오	60분	1gb	1994. 12.	재검토
4	천하장사 씨름대회	비디오	120분	2gb	1988. 2. KBS1 중계	
5	칠순잔치	비디오	60분*3	1gb*3	1990. 11	재검토
6	독립영화 메이킹 영상	비디오	120분*3	2gb*3	1999. 3	재검토
7	영화 '시네마천국'	비디오	120분	2gb	1992. 10. SBS 방영	
8	가족 노래 녹음	카세트	90분	90mb	1995. 2.	
9	사립학교 역사 기록물	비디오	60분*100	1gb*100	1980년~1999년	재검토 (4,5,37, 46번)
10	부모님 해외여행	비디오	90분	1.5gb	1996.8	
11	배철수의 음악캠프	카세트	60분*2	60mb*2	1996. 2, 8 방송분	
12	영화 '종횡사해'	비디오	120분	2gb	1996. 4. KBS1 중계	

	내용	종류	시간	용량	일시	비고
13	'94 한국시리즈 4차전	비디오	120분	2gb	1994. 10. SBS 중계	
14	고등학교 졸업식	비디오	120분*5	2gb*5	1994. 2.~1998. 2.	재검토 (2번)
15	중학교 과학 수업	카세트	120분	120mb	1995. 5.	
16	연극 '시우쇠'	비디오	120분	2gb	1998. 1.	
17	중학교 참관수업	비디오	120분	2gb	1997. 4.	재검토
18	뮤지컬 '레미제라블' OST	카세트	70분	70mb	1993. 한양음반 출시	
19	고교합창단	비디오	120분*20	2gb*20	1985년~1999년	

"소중한 추억들을 되살려주셨네요."

재희의 표정은 어딘지 그립기도 했고 마음 한편이 아파 보이기도 했다.

"혹시나 했는데 이런 자료들이면 경찰에 거짓 파일 보내기도 힘들겠어요. 대체할 수가 없는 희귀 자료들이니."

"그건 그렇습니다."

"아무래도 원본에 오류가 나서 박 기사님이 내용을 재생하며 재검토했다는 파일 위주로 체크하면 되겠죠?"

"그래도 경찰 수사는 모든 파일을 체크하는 걸 원칙으로 합니다. 만에 하나 형이 사실을 이야기하지 않았을 수도 있고, 변환된 파일이 재생되는지 잠깐이라도 클릭했다가 무얼 보거나, 들었을 수도 있으니까요."

"그걸 제가 봐야 한다는 거죠. 박 기사님과 같은, 야간 시력자의 입장에서."

0.1의 시력에 색채 구분을 못하더라도, 주간 시력자들이 파악하기 힘든 명암과 질감을 구분할 수 있는 시각에서.

다른 사람들의 눈에 보이지 않는 게 박시훈에게 보였을 수도 있다. 그 여부를 재희가 확인해야 한다.

"……부탁드립니다."

다시금 영훈이 고개를 깊이 숙였다.

"마침 제가 주도하던 프로젝트 하나를 끝내서 시간이 됩니다. 그리고 무엇보다."

재희는 진심을 담아서 대답했다.

"제게도 남 일 같지가 않습니다."

* * *

사건성이 낮을 걸로 판단되는 공중파에 방영된 영화들과 기발매된 OST 파일, 라디오 녹음본을 제외하고, 재희는 박시훈이 내용을 재검토했다는 파일들과 외부에서 촬영된 영상 파일 위주로 확인하기로 했다.

하지만 재희가 파일들을 제대로 재생해보기도 전에,

수사의 향방을 결정 지을 단서가 나왔다.

"뇌혈종이 점점 커지고 있었다고요? 하지만 부검의
의 소견은……."

[일단 머리 쪽 외상이 전혀 없는 상황이었고, 사고 후
형이 만성적 뇌혈종이 생겼다는 건 비밀도 아니긴 했습
니다.]

전색맹 또한 그로 인한 후유증인 걸로 여겨지고 있
었다. 교통사고 당시 박시훈은 다발성 골절상에 다발성
뇌출혈까지 겹쳐 생명이 위독한 상태였고, 수술하기 가
장 어려운 위치에 출혈이 발생했기에 수술 대신 약물치
료로 혈종의 크기를 줄여나가려 했다.

의식 불명 상태였던 박시훈은 사고 발생 2개월 후에
의식을 되찾았고, 뇌혈종이 제거되지 못한 채임에도 운
동 능력의 장애는 없었다. 뇌혈종으로 인한 직접적인
상실은 그의 색각 능력뿐이었다.

[여전히 혈종은 제거 수술이 어려운 위치였고, 약물
치료에도 혈종이 완전히 제거되거나 흡수되지 못한 상
태였습니다. 주치의 선생님은 '뇌혈종과 뇌 기능이 아
슬아슬하게 균형을 이루고 있다'고 말씀하셨었어요.]

그런 몸 상태의 박시훈이 정상적인 삶을 영위하는 건
기적이라고도 했다.

[그렇게 균형을 이루던 혈종과 뇌의 관계가 반년 전부터 혈종의 지배 면적이 점점 증가하면서 형은 예견된 뇌 기능 장애와 전신 마비를 두려워했다는 거죠. '죽는 거보다도 소멸된 채로 살아만 있게 될 시간이 더 무섭다'고 주치의에게 털어놓기도 했다고 합니다.]

사고 당시보다 훨씬 발달을 이룩한 작금의 뇌외과 수술 수준으로도, 시훈의 수술은 어려웠다고 한다.

[지금까지 아슬아슬한 균형 상태에서, 인위적인 처치가 가해진 순간 댐이 무너지듯 혈종의 압박에 뇌가 못 버틸 거라고요.]

"그럼 수사 초기에 자살로 추정될 때, 왜 주치의의 진술은 거론되지 않았던 거죠?"

[마침 해외 출장 중이셨어요. 귀국하자마자 수사에 응해주신 겁니다.]

"……."

[……민 박사님.]

재희가 한동안 말이 없자 함께 침묵을 지키던 영훈이 먼저 입을 열었다.

[형은 아무래도, 자살이 맞는 거 같아요. 라벨 스티커에 묻어 있던 Rh+ A형 피는 형이 테이프들을 수령하고 사흘 동안 사건과 무관한 일로 묻은 걸 수도 있고요. 제

가 형의 그런 모습을 발견하기까지, 형의 집에 방문자는 확인되지 않았는데 형이 자살할 정황 증거들은 계속 나온 상황입니다. 그렇게 증상이 심해졌단 걸, 형은 저에게도 털어놓지 못했어요. 제가 형을…….]

치밀어오르는 울음을 억눌러 삼키며 영훈은 간신히 말을 이었다.

[참 외롭게 만들었네요.]

하지만 재희의 반응은 전혀 달랐다.

"해외, 출장 중이라고 하셨죠? 주치의 선생님이?"

[네? 아, 네.]

"박 기사님이 교통사고를 당했던 날을 혹시 정확하게 알 수 있을까요?"

[1999년, 4월……, 아니, 3월 10일 밤입니다.]

* * *

「2016년 11월 21일 한평일보 사회면 타이틀 기사」

"극단적 선택 혹은 타살, 결론은 유보된 채 17년 전 뺑소니범 검거"

외국 유학 중에 정지된 공소시효, 불과 만료 3개월을 앞두고 진범이 검거됐다.

1999년 3월, 당시 대학생이었던 박모 씨는 심야에 발생한 뺑소니 교통사고로 중상을 입고 의식 불명 상태였다. 의료진은 수술하기엔 너무 위험한 뇌 부위에 집중된 혈종을 수술 없이, 약물 처치로 어떻게든 환자의 목숨을 지켜내려했다.

다행히도 기적이 일어났다. 두 달 만에 박 씨는 의식을 되찾았고, 의료진이 염려하던 후유장애 대다수가 나타나지 않았다. 그는 대한민국 유일의 후천성 전색맹으로 기록됐다. 즉, 박 씨에게 사고 후의 세상은 흑백으로만 보이게 된 것이다. 박 씨는 시각의 일부를 상실한 만큼 자신의 청각을 더욱 예리하게 연마하였고, 음향 관계자로서 새로운 삶을 시작했다. 유수의 연극, 뮤지컬 공연들에 박 씨는 자신의 이름을 올렸다.

그런 박 씨가 지난 10월 자택에서 목숨을 잃은 채 발견됐다. 발견 당시 정황으로 보아 극단적 선택으로 추정됐고, 박 씨의 머릿속에 제거되지 않고 있던 혈종이 끝내 흡수되지 않고 점점 커지면서 박 씨가 이로 인한 뇌 기능 마비를 두려워하고 있었다는 증언도 이를 뒷받침했다.

하지만 박 씨의 사망 당시 현장에 있던 비디오테이프 라벨 스티커에서 확인되지 않은 제3자의 피가 발견됐다는 점에서 타살 가능성을 배제할 수는 없었다. 박 씨는 반년 전부터 무보수로 아날로그 테이프의 디지털 파일 변환 작업을 하고 있었고, 사건 당일에도 의뢰받은 VHS 테이프를 동영상 파일로 변환하여 클라우드에 업로드하였다.

이러한 자원봉사가 17년 전 뺑소니 사고의 진범을 검거하는 계기가 됐다.

이탈리아 유학파로 알려진 영화감독 성택현(45)이 대학 시절 촬영한 독립영화 메이킹 비디오를 받아서 변환하던 도중, 박 씨는 원본 테이프에 오류가 발생한 것을 알게 돼 내용을 확인했다고 한다.

그때 박 씨는 봉인됐던 진실을 본 것일까.

"메이킹에서 당시 성 감독이 연필로 콘티를 쉴 새 없이 그렸다가 지웠다가 하는 장면이 자주 잡힙니다. 하지만 원본이 많이 열화된 VHS 화질이어서, 디지털 파일로 변환했다 해도 확대해서 보면 영상이 깨져서 보입니다. 실제로 담당 수사관들은 아무것도 확인하지 못했어요.

하지만 수사 외부 자문으로 위촉된 사람 중 한 분이 형과 같은 전색맹이었는데, 오직 그 사람에게만 이게 잘 보였다고 해요. 연필은 흑연 재질이고 이는 철 성분과 비슷해서, 빛에 반사되는 특징이 있습니다. 영상 속 콘티도 스케치의 형태가 뭉개져보여서 확인이 불가했지만, 전색맹인 사람들에겐 스케치가 반사하는 빛의 궤적으로 눈에 띄었다고 해요.

유현윤

성 감독은 극 중 대인 교통사고 장면 촬영을 준비 중이었고, 콘티를 수차례 그리던 중 17년 전 사고의 당사자만이 알 수 있는 구체적인 사고 묘사가 있었습니다. 해당 콘티를 폐기하면서 한 말도 '차 수리 맡겼다가 찾은 게 요전인데 그렇게 위험한 씬을 촬영할 순 없다'였고요.

테이프의 내용을 확인하던 형이 이를 보고 들었을 거라고 단언할 수는 없습니다.

확실히 밝혀진 것은 사고 현장에 떨어진 자동차 보닛 부품 재질도, 바퀴 자국도 당시 성 감독의 차종과 일치했다는 사실입니다."

— 박영훈 경사(서울 예서경찰서 강력팀 소속, 박 씨의 친동생)

뺑소니 상해 사고의 공소시효는 7년이므로 원래대로라면 10년 전에 만료됐어야 했다. 그러나 성 감독은 대학 졸업 후 이탈리아로 유학을 떠나면서 해당 기간 동안 공소시효가 정지됐다. 이후에도 그의 수차례 외국 활동을 포함하면, 성 감독이 박 씨를 상해한 뺑소니 교통사고의 공소시효 만료는 2017년 2월이다.

박 씨의 사인이 의문인 상황에서 그가 변환한 비디오테이프를 계기로 성 감독이 도로교통법 54조 1항 위반으로 긴급 구속된 것이 대대적으로 보도되면서, 성 감독이 자신의 범죄를 은폐하기 위해 박 씨를 살해한 것이 아니냐는 추측에 이목이 더욱 집중된 것도 사실이다.

하지만 경찰은 사건 당시 성 감독의 알리바이가 입증됐고, 무엇보다 현장에서 발견된 혈흔과 성 감독의 혈액형이 일치하지 않는다는 점에서 성 감독은 살인 혐의와 무관하다는 입장을 고수하고 있다. 경찰 수사에 따르면 성 감독은 메이킹 비디오테이프가 남아 있는지도, 변환됐는지도 모른 채였으며, 테이프를 맡긴 의뢰인과의 공범 가능성도 부인했다.

결국 박 씨의 죽음을 계기로 17년 전 뺑소니 사고의 전말이 밝혀지고 널리 알려졌지만, 여전히 그의 사인은 미궁에 갇힌 채이다.

* * *

2016년 하반기 사회면을 뜨겁게 달구었던 통칭 '전색맹 사망 사건'도 4년의 세월이 흐르는 동안, 잊힌 미제 사건 중 하나로 남은 채였다.

2020년 11월, 오랜만에 '전색맹'이란 단어가 다시금 뉴스 보도에 등장했을 때는 과학 뉴스에 대한 사람들의 관심도와 화제성은 부족한 걸 반영하듯, 기사 조회수가 매우 낮았다.

하지만 승진시험에 합격하여 새로운 계급장에 적응

중이던 박영훈 경위는 과학뉴스팀이 홈페이지에 올려
준 인터뷰 영상에서 시선을 떼지 못하고 있었다.

**Q. 1998년 한국에서 발견하고 명명한 최초의 소행성
인 '통일'과 '보현산' 이래, 인명이 아닌 소행성은 오랜만
이라고 들었습니다.**

과학기술인 명예의 전당에 대기 중인 소행성 이름들
이 있었음에도, 동료 연구원들도 저의 제안에 적극 동
의해서 기뻤습니다. 발견 당시부터 지금까지 제가 가장
사랑하는 단어를 별에 남기게 됐으니까요.

**Q. 2016년에 대덕전파천문대에서 연구 중 발견한 소
행성이고, 당시 임시 번호는 '2016JH1'이었죠.**

4년 만에 국제천문연맹 산하 소행성 센터의 정식 명
칭 승인을 받았으니, 비교적 빠르게 이루어졌다고 생각
합니다.

**Q. 소행성 '무지개(Mujigae)'. '레인보우'가 아닌 순우리
말인 게 이채로워요. 그 명명 동기가 궁금합니다.**

사실 저는 무지개를 흔히 말하는 '빨주노초파남보'의
형태로 본 적은 한 번도 없습니다. 여러분들은 저를 전

155
어둠의 오선지, 빛의 음표

색맹이라고 칭하시니까요. 하지만 한국 포함 3개국 천문대의 전파망원경이 협조하여 '2016JH1'의 존재를 관측하는 데 성공했을 때, 그 파형이 마치 빨주노초파남보의 다채로운 색상을 연주하는 거 같다고 표현한 사람이 있었습니다. 그는 후천적 전색맹으로, 저와 달리 색채의 기억이 남아 있던 사람입니다. 눈으로 색을 볼 수 없게 됐어도 소리로 색을 느낄 수 있었습니다.

Q. 공감각을 가진 사람이군요.

우리들 야간 시력자에게 우주란 어둠의 오선지, 빛의 음표로 연주하는 황홀한 오케스트라와도 같아요. 영원히 침묵하는 절대 진공의 우주에서, 오히려 야간 시력자는 다채로운 빛의 스펙트럼이 자아내는 연주가 들립니다. 여기에 색청의 공감각을 가진 사람은 천체 사진조차 나타낼 수 없는 초월적인 색감을 느끼는 거죠.

Q. 국제천문연맹도 천문학에서 야간 시력자들의 공헌을 인정하는 계기가 돼줄 수 있도록, Mujigae란 작명을 굉장히 반가워했다고 들었습니다.

야간 시력자의 삶에 제가 보낼 수 있는 최고의 찬사가, 국제적으로 공인된 것에 저도 감사히 생각하고 있습니다.

* * *

 4년 만에 이루어진 재회는 4년 전의 모습과 매우 닮아 있었다.

 그때처럼 재희가 KTX를 타고 서울에 도착했고, 같은 카페의 같은 테이블에 영훈이 먼저 도착하여 기다리고 있었다.

 다시금 꽃차와 라떼가 나왔지만 테이블에는 조심스러운 침묵만이 가득했다.

 "형은 열아홉 명에게서 테이프들을 받아서 변환 작업을 마친 뒤, 택배 혹은 직접 만나는 방식으로 열여덟 명에게 되돌려 줬습니다."

 라떼가 거의 다 사라졌을 만큼의 시간이 흐르자, 마침내 영훈이 입을 열었다.

 "저는 박사님이 그런 열여덟 명 중 하나라고 생각했습니다. 인권위 특집 인터뷰로 알게 됐지만, 그 이상의 인연으로 발전하지는 않고 열여덟 명의 의뢰인 중 하나."

 "······저와 시훈 씨 사이에는 택배를 한 차례 주고받은 기록, 그뿐이었으니까요."

 처음으로 '박 기사님'이 아닌 '시훈 씨'라는 호칭이 흘러나왔다.

"네. 형의 휴대폰에도 이메일에도 카톡에도 SNS에도 어디에도 박사님은 없었습니다."

"참 이상하죠? 제가 어릴 때는 휴대폰도 이메일도 카톡도 SNS도 없이 서로 친해지고 만나고 사랑하는 게 가능했거든요."

만남의 시작은 비디오와 USB가 담긴 택배 상자 겉면에 송장과는 별도로, 받는 주소와 보내는 주소를 꼼꼼히 적어놓은 시훈의 손글씨를 보게 되면서이다.

마침 직장에서 의무적으로 구매한 천문 기념 우표도 많이 있겠다, 재희는 우표 한 장을 뜯어서 편지 봉투 겉면에 붙이고 시훈이 꼼꼼히 적은 주소를 받는 사람과 보내는 사람의 위치만 바꿔서 옮겨 적은 뒤, 시훈에게 감사의 편지를 썼다.

"20세기에서 21세기로 바뀌고 처음 해보는 거 같았어요. 그래서 편지지를 접어넣는 김에, 직장 동료들이 영원히 쓸 일이 없다는 우표들도 기부받아서, 5종 세트를 완성해서 같이 넣었어요. 우표수집을 안 하는 사람이더라도, 천문 현상을 형상화한 우표 디자인만으로도 꽤 괜찮아보일 거 같았거든요."

그런데 우표 세트를 그대로 소장하지 않고 한 장을 곱게 뜯어서, 겉봉에 붙인 손글씨 편지가 도착했다.

"집배원분께서도 이렇게 고전적인 편지 배달은 정말 오랜만이라고 하셨어요."

그렇게 보통우편을 적극 활용해 '펜팔 친구'가 된 두 사람은 손 편지로 많은 이야기를 나눴다.

"길고 긴 편지가 금방 읽히고 쉽게 쓰였죠."

쉼표와 마침표에도 애정이 담겨 있고 행간에서 깊은 은유를 느낄 수 있는, 단문 메시지들은 결코 표현하지 못할 두 사람의 많은 이야기가 담긴 편지들이었다.

정시 출퇴근이 무의미해지는 직업적 특성, 동시대를 살아온 동질감. 재희와 시훈은 마음이 잘 맞고 뜻이 잘 통했다.

"같은 야간 시력자여서 더욱 각별했지만, 만일 주간 시력자로서 만났어도 다르지 않은 모습이었을 것처럼요."

그러던 두 사람의 첫 만남은 재희가 대학의 은사를 뵈러 서울에 온 날에 이뤄졌다.

"시훈 씨는……, 첫인상부터가 초신성 같은 사람이었어요."

"어? 그렇게 티가 나요?"

진심을 들킨 사람처럼 당황하는 시훈의 모습에 재희가 갸웃했다.

"시훈 씨가 생각하는 초신성은 어떤 이미지인데요?"

"스러져가기 위한 빛이요."

이번엔 재희가 진심을 들킨 것만 같았다.

"가장 찬란한 궤적을 남기는 폭발, 보통 그렇게 생각하지 않나요? 명칭의 유래부터가 새로운 별의 탄생인데."

왠지 시훈은 미안해하는 것 같았다.

"솔직히 힘에 부치겠지만……, 그래도 새로운 별을 탄생시킬 수 있게 노력하겠습니다."

"박사님이 보기에 형은 이미 삶의 끝을 염두에 두고 있었던 건가요."

"뭐라고 표현해야 할까요, 삶을 정리하는 모습을 본 건 아니었어요. 어떻게 살아야 하는지 고민하는 무게만큼, 어떻게 죽어야 하는지도 고민하는 사람이었다고 할까요."

마침내 꽃차도 바닥을 드러냈다.

"그리고 그가 나를 만나러 대전에 왔을 때, 우리는 각자의 방식으로 펜팔 친구 관계를 끝내려고 했죠."

재희는 야간 시력으로 관측해낸 소행성을, 정확한 궤도를 밝혀내서 국제천문연맹의 승인을 받기 위해 대덕

전파천문대의 전파망원경을 사용하고 있었다.

낮에는 전파망원경으로, 밤에는 육안과 광학망원경으로 못 자고 안 자는 관측 끝에 재희가 소행성의 궤도를 찾아냈을 때, 시훈은 재희의 동행인 자격으로 천문원의 열린 하늘을 보게 됐다.

"그냥 이 세상이 엄청 좋아지려 하고 있어요."

끝을 향해 가는 초신성을 닮은 사람의 목소리에 설렘이 더해졌다.

"우주 저편에서 연주가 들려오는 거 같아요. 어둠의 오선지, 빛의 음표로 연주하는 황홀한 오케스트라가."

"……이 업계에 들어온 이래 최고의 찬사네요. 보통 천체망원경 하면 광학망원경인데, 시훈 씨는 전파망원경도 좋은가 봐요."

"아무래도 음향 쪽 일을 하고 있어서 그런가 봐요."

이제 곧 '2016JH1'이라는 번호를 받게 될, 재희가 처음으로 발견한 소행성의 관측 결과를 가장 먼저 보게 된 사람은 동료 연구원이 아닌, 동행인 시훈이었다.

"이 소행성의 파형은 그 자체만으로도 무척 신기해요. 완벽한 조화를 이루고 있다고 할까요."

이어지는 시훈의 말은 색의 개념을 피상적으로만 아는 재희도 이해할 수 있을 만큼 세심했다.

"첫 음은 재희 씨에게 내가 여기 있다고 알리는 열정의 붉은색이에요. 그다음엔 한층 차분한 주황색이죠. 그리고 순수한 동심처럼 노란색이다가 이어지는 초록으로 균형을 잡고, 휘어지듯 포용을 보여주는 파랑이 남색으로 한결 짙어지죠. 마지막엔 보라색으로 커튼콜까지 완벽하게."

마치 한 편의 교향악을 펼쳐낸 지휘자와도 같은 열띤 고양감이 전해졌다. 재희에겐 여러모로 놀라운 순간이었다.

"시훈 씨, 혹시…… 색청인가요? 야간 시력자여도 시훈 씨에겐 색의 기억이 있어서 그런 공감각이 가능한 건가요?"

순간 시훈은 비틀하더니 자리에 주저앉았다.

"시훈 씨?!"

"너무 어지러워요, 사방이 불꽃놀이 터지는 것처럼……."

시훈이 눈을 감고, 귀를 막고, 숨을 고르는 동안 재희는 물을 한 잔 가져다줬다. 건네받아 한 모금 천천히 마셨다가, 그대로 다 마셔버린 후 시훈은 한숨을 푹 내쉬며 자신의 머리를 손가락으로 가리켰다.

"이놈은 더욱 커져만 가고, 몸은 점점 더 말을 안 들

는데, 그 반대급부로 감각의 재조직이 일어나고 있다고
말하면 믿을 수 있을까요?"

"……일단 하나씩 하나씩이요, '이놈'이 뭔데요?"

"뇌혈종이요, 수술로 제거할 수도 없는, 약물로 치료
될 수도 없는, 알아서 흡수되지도 않는. 점점 더 커져서
나를 잠식해가는."

"시훈 씨가 일을 쉬고 있던 것도 그래서였다고 해요.
음향 기기들이 굉장히 예민한데 자기가 잘못 건드렸다
가 세팅을 망칠까 봐."

재희는 찻잔에 남아 있는 꽃향기를 느끼며 말을 이었다.

"그는 우리의 인연을 끝내기 위해 나를 만나러 온 거
였어요. 나는 우리의 인연을 새롭게 시작하고 싶어서 그
를 초대했고. 서로 다른 이유에서 '펜팔 친구'를 끝내려
했던 거죠. 시훈 씨는 우정의 결별, 나는 연애의 시작."

가을 초엽의 천문대 안은 꽤 추웠다. 차분하고 차갑게
가라앉은 공기 안에서, 담담하게 시한부 인생이 됐음을
이야기하는 시훈 앞에서, 재희는 자신이 이러한 결말을
예상하고도 여기까지 왔음을 새삼 자각했다.

소행성을 발견하기 직전에 만난, 스러져가기 위해 빛

을 내는 초신성 같은 사람.

"뇌혈종이 커지면서 팔다리도 뜻대로 움직이기 힘들어지고, 몸은 점점 더 말을 안 듣는데, 재희 씨 말처럼 색의 기억 때문인지 어느 순간 소리가 색으로 느껴졌어요. 여전히 내가 보는 시야는 재희 씨와 같은 흑백의 세계예요. 그럼에도 아주 작은 소리와 음파의 파형마저도 색채로 느껴져요. 청각이 시각의 보상을 일으킨 것처럼."

하지만 시훈은 이제 병원에 가는 것도, 동생에게 알리는 것도 거부했다. 그렇다고 삶을 포기한 모습은 아니었다.

오히려 결연한 시훈의 얼굴을 보며, 재희는 솔직하게 고백하기로 했다.

"맺어질 수 없는 사랑이 이루어질 수도 있을까요?"

시훈의 표정에 일말의 놀라움이 떠올랐다가, 그럴 줄 알았다는 미소에 체념이 살짝 섞였다.

"결말을 향한 두 사람의 뜻이 같다면요. 하지만 재희 씨, 저는 헤어지자고 말씀드리려 여기 온 겁니다."

"나는 오늘부터 우리는 사랑하게 될 거라고 초대한 건데요."

"……나를 사랑하면, 내 죽음에 공범이 될 수 있어요. 그건 내 동생에게도 부탁할 수 없는 일이고, 당신은 절대로 안 됩니다."

"그때 난 112 아니면 자살예방센터에 전화를 하려고 했어요. 그런 나를 멈추게 한 건 시훈 씨의 결연한 목소리였습니다."

— 나는 누구를 원망하는 방법을 잃었다고 생각했는데, 아니었어요. 진범을 잡을 때까지 삶의 유예를 받았을 뿐이지.

"시훈 씨는 폰으로 짧고 소란스러운 영상을 하나 보여줬어요. 대학생들이 영화를 촬영하면서 교통사고 신콘티를 의논하는 모습이었죠."

"박사님과 형에게만 진실이 보이는 영상."

"그가 내게 영상을 보여준 이유는, 나를 단념시키기 위함이었겠죠. 시훈 씨는 진범을 고발하는 걸로 그치지 않으려 했으니까요. 자신의 죽음을 수단으로 삼는 한이 있더라도요."

— 내 삶이 끝날 때, 성택현의 사회적 명성도 끝낼 겁니다. 미성숙한 젊은 시절의 잘못을 진심으로 사죄하고 더 좋은 영화로 보답하게 놔두지 않을 거예요.

"내가 마지막으로 만류한 근거는 영훈 씨의 존재였어요. 저쪽에서 화려한 변호인단을 동원하고 대대적으로 언플을 해도, 형사인 친동생이 가장 정당한 방법으로 법 집행을 도와줄 거라고. 하지만……"

— 영훈이는 내가 의식 불명 상태일 때부터 아주 오랜 시간 내 곁을 지켰어요. 나는 동생이 더는 나로 인해 삶을 빼앗기지 않게 할 겁니다.

"나는 박시훈이란 사람이 더 이상 살아갈 수 없다면, 더는 삶에 죄책감을 갖지 않길 바랐어요. 결국 나도 시훈 씨와 같은 걸 바라게 됐죠."

"성택현의 종막."

"살인 혐의는 금방 벗겨지겠지만, 세상은 성택현이 결국 박시훈 살인범이란 생각을 바꾸지 못하겠죠. 그의 뺑소니로 시훈 씨의 인생이 뒤바뀌고, 급가속된 건 사실이니까요."

치열한 만큼 잔인하다는 감상과 죽음을 막을 수 없었던 연민이 동시에 영훈에게 밀려들었다.

"박사님이 형을 마지막으로 본 건 언제입니까?"

"사건 전날이요."

"혹시 혈액형이 Rh+ A형이신가요?"

"이러니까 시훈 씨가 동생분과 나를 동시에 걱정한 거군요. 내가 스스로 손끝을 살짝 찌르고 오염된 테이프 라벨에 혈흔을 남길 때, 시훈 씨는 그동안 내가 보냈던 편지를 전부 내게 돌려줬어요."

시훈은 고맙고 미안하다고 했고 재희는 평생의 슬픔

으로 남겠지만 후회하진 않겠다고 답했다. 두 사람이 마지막으로 주고받은 대화였다.

"만에 하나라도 경찰이 박사님을 수사하는 일이 없도록요."

"내가 맡은 역할은 객관적인 입장에서, 영상 속의 진실을 밝혀내는 거니까요. 그래서 형사님께서 전화 통화 이전에, 당일특급으로 손 편지를 보내셨을 때는 정말 놀랐어요."

"……우연의 일치였지만, 갑작스러운 형의 불상사로 연락을 드리는 것인 만큼 최대한 예의를 갖추고 싶었습니다."

"시훈 씨는 형사님이 진실을 알게 된다면 10년 후가 되기를 바랐어요."

자살방조죄의 공소시효는 10년이다. 하지만 영훈은 고개를 가로저었다.

"형의 유서를 대필해주신 것도 아니고, 흉기나 장소를 제공하신 것도 아니고, 저는 박사님께 어떠한 책임도 물을 수 없습니다. 다만 하나만 여쭙고 싶군요."

왜 형에게 동참하셨나요라고 생각했는데 말은 다르게 흘러나왔다.

"왜 형을 사랑하게 되셨나요?"

"그는 내게 1분, 1초와도 같은 사람이었어요."

편지를 읽고 쓰는 1분, 1초의 시간마저 소중하게 만들어준 사람.

1분 아니, 1초라도 좋으니까 세상에 더 머물러주길 바랐던 사람.

"잘 알겠습니다."

시계를 보며 먼저 자리에서 일어서던 형사는, 재희를 만나고 싶었던 또 하나의 이유를 떠올렸다.

"아, 박사님. 소행성 무지개 말입니다. 혹시 저도 볼 수 있을까요?"

"그럼요, 서울시립천문대 망원경으로도 충분히 관측이 가능합니다."

"다행이네요."

4년 전 첫 대면 이래 재희가 처음으로 마주한 영훈의 미소였다. 재희도 자리에서 일어서서, 엷게 미소 지으며 멀어지는 영훈의 뒷모습을 배웅했다.

긴 시간 대화의 끝에, 늦가을의 태양은 노을에 자리를 양보하고 있었다.

막이 오르고, 소행성 무지개를 포함한 어둠과 빛의 교향악이 천구의 무대에 펼쳐질 시간이다.

"나는 인간에 대해 글을 쓴다. 내가 느끼는 성취감은 드러나지 않던 플롯의 반전을 썼을 때가 아니라 독자에게 다가가 감동시키고 독자를 이야기 속에 끌어들여 놀라게 하는, 인간에 대한 이해와 공감할 수 있는 캐릭터에서 나온다."

— 로버트 크레이스『라인업』

인간이 해결해야 할 사건이 아닌, 감당해야 할 사건을 그린 요코야마 히데오의『클라이머즈 하이』. 여러 사건이 모여 하나의 장대한 흐름으로 이어지는 다카노 가즈아키의『제노사이드』. 전과자가 주인공임에도 사람과 사람 사이의 온기가 책장으로 전해지는 로버트 크레이스의『투 미닛 룰』. 작중 사건이 없음에도 챕터가 역순으로 진행되며 반세기의 삶을 성찰하는 심포 유이치의 「아직 필름이 남아 있을 때」.

이러한 미스터리 작품들의 애독자였던 저는 이제 미스터리를 사랑하는 작가의 길을 걷고 있습니다. 누군가의 마음에 불을 지필 수 있는 작품들에, 저도 동참하고 싶었기에.

그 여정의 작은 발걸음에, 함께 해주신 모든 분께 진심으로 감사드립니다.

붉은 벽돌

김미영

대학에서 만화 애니메이션을 전공했다. 소설, 만화 등 매체 상관
없이 좋아하는 이야기를 재미있게 쓰는 것이 목표다.

1

헉헉. 거친 숨을 내뱉으며 남자는 슬레이트 지붕을 얹은 낡은 주택 사이를 가로질렀다. 어디든 문을 두드려서 도움을 요청하고 싶었지만 모두 빈집처럼 싸늘했다. 그러는 동안 남자를 뒤쫓는 발소리는 점점 가까워졌다. 희미한 가로등 빛을 비껴가는 작은 그림자가 재빠른 만큼 소름이 돋았다.

남자는 다시 앞만 보고 질주했다. 그림자는 언제, 어디서, 어떻게 덮쳐올지 모른다.

신고라도 하고 싶지만, 핸드폰은 추격전이 시작됐을 때 잃어버린 지 오래다. 아마 그것이 훔쳐 갔을 거다. 아니, 그 작고 못된 게 빼앗아 갔다. 아니, 그것도 아니고 그 나쁜 년이 강탈해갔다.

연지수. 내 조카. 이 빌어먹을 년.

남자는 자신을 이 쓰러져가는 달동네로 밀어넣고 토끼몰이를 즐기고 있는 연지수를 떠올렸다. 늘 의기소침하게 어깨와 등을 말고 있어 억눌린 체구에 푸르죽죽한 안색을 한 기분 나쁜 아이. 남자는 그것이 언젠가 일을 쳐도 단단히 칠 거라고 예상했다. 아무도 믿어주지 않았지만, 결국엔 남자가 맞았다.

"삼촌. 우리 인제 그만 달릴까?"

으헉! 남자는 자신의 어깨를 무심히 잡은 손길에 깜짝 놀랐다. 하지만 비명을 지르지는 못했다. 뒤에서 스미는 웃음이 너무나 기괴해서 두 손으로 자신의 입을 막고 소리를 삼켜냈다. 연지수가 킥킥댔다.

"짐승이란 게 웃겨. 자신보다 강자라고 인식해버리면 저항이란 걸 못 하거든."

욕지기가 나올 뻔했지만 남자는 이번에도 꾹 참았다. 남자의 등줄기로 둔탁한 모서리가 닿았다. 연지수의 앞을 막았던 떠돌이 개의 피가 묻은 벽돌이다. 남자에게서 지린내가 풍기기 시작하자 연지수는 코를 막으며 뒤로 물러났다.

"본능이라는 게 참 더러워. 그렇지?"

"지, 지수야! 우리 이러지 말고……."

남자는 얼른 뒤돌아 두 손을 모았다. 싹싹 빌 생각이었다. 하지만 그 순간 남자는 절망을 보았다.

연지수가 맑게 웃었다.

픽!

붉은 벽돌이 날아들었다.

* * *

둔탁한 소리가 고풍스러운 서재 안을 가득 메웠다. 하지만 노르스름한 조명에 고풍스러운 가구는 말끔하기만 하고, 타오르는 난로와 그윽한 베르가못 향은 따뜻하기만 했다. 피가 솟구치는 동그란 볼 안과 딴판이었다. 그 괴리감에 더한 충격을 받으며 연지수가 재빨리 몸을 일으켰다.

"거짓말!"

연지수는 그 자리에 주저앉지 않으려고 노력했다. 의자 팔걸이에 의지해 선 연지수가 가상세계 볼(ball) 속 자신을 짚어냈다.

"이게 나일 리가 아니, 이게 내 복제품일 리 없어요."

연지수가 말을 정정하며 결론 내렸다. 가느다랗던 목소리에 힘이 들어갔지만, 퍽 초조한 상태의 눈빛은 상대방의 동의를 갈구했다. 안락의자에 앉아 팔짱을 끼고 있던 박혜임이 안경테를 밀어 올렸다.

"글쎄, 네 DNA와 기억 정보로 만든 거라 난 이게 너라고 확신하거든."

박혜임은 연지수가 반박할 틈도 주지 않고 덧붙였다.

"그게 내가 인터뷰 비용까지 내는 이유고."

175

인터뷰 비용. 일방적인 단어에 연지수는 할 말을 잃었다. 박혜임은 처음 만났을 때도 남의 DNA와 기억 정보를 요구하면서 당당히 자신이 지불하는 돈에만 초점을 맞췄다. 이쪽이 제공하는 건 쏙 빼놓고 돈 얘기 외엔 자신이 유명한 작가라는 말로 설득할 뿐이었다.

'난 네가 궁금하다. 내 차기작 주인공으로 하고 싶어.'

박혜임은 뭐가 어떻게 궁금하다는 건지, 무슨 작품을 어떻게 쓰겠다는 건지 말하지 않았다. 이제야 박혜임의 차기작이 그려졌지만, 그때만 해도 박혜임의 미간에 깊게 잡힌 주름은 그가 사이코패스나 사기꾼이 아니라 한낱 사회 부적응자일 뿐이라고 말하고 있었다. 그것도 금전 감각과 공감 능력이 기묘하게 엇나간 사회 부적응자.

연지수가 두툼하게 잡히는 흰 봉투를 만지작거렸다.

"그래도 저건 내가 아니에요. 나는 저런 짓 따윈 하지 않으니까."

"다시 말하지만 저건 네 복제품이야. 네 모든 걸 옮겨 담았다고."

박혜임이 가볍게 되받아쳤다. 외려 복제품이 무슨 말인지 모르냐는 듯 얼굴을 찌푸렸다. 하지만 연지수는 쉽게 인정할 수 없었다.

"내 모든 걸 옮겨 담았다고 나는 아니죠. 진짜 나는

여기 있고 저건 인공적으로 만들어진 가짜니까. 단순 데이터 저장소에 가깝다고요."

"방금 그 말은 복제 인권 단체가 들으면 기겁할 말이지만 뭐, 난 무엇이 인간인가 하는 철학적인 문제를 다루려는 게 아니야."

자신의 복제품이 벽돌로 야만스럽게 살인하는 걸 보고 쉽게 납득할 수 있는 사람은 아무도 없을 거다. 연지수는 박혜임이 그 점을 인지해주길 바랐지만, 박혜임은 서랍 속에서 봉투 하나를 더 꺼내는 걸 선택했다. 손 위로 느껴지는 묵직한 무게감에 연지수가 바닥으로 시선을 내돌렸다. 박혜임은 사람 입을 다물게 하는 재주가 있었다.

"자, 그럼 이렇게 하자. 난 그냥 네 복제품의 행동이 궁금할 뿐이야. 네 말대로 넌 저런 짓 따윈 하지 않지. 넌 그때 네 삼촌을 죽이지 않았어."

그때. 연지수는 문득 삼촌이 사라지길 바랐던 때를, 박혜임이 자신의 은인이었다는 사실을 떠올렸다.

* * *

연기식. 그는 감자 같은 외모에 심술보가 덕지덕지 붙

어 옹졸한 얼굴이다. 키도 작고 손발도 조막만 해서 전체적으로 어느 타이어 가게 마스코트를 떠올리게 했다. 길거리에 보이는, 흔하디흔한 배불뚝이 중년 아저씨였다. 그렇게 인파에 섞여들면 있는지 없는지 알 수 없는 그는 유난히 골초였는데, 연지수는 바로 그 점으로 연기식을 십 미터 밖에서도 찾아낼 수 있었다.

그날, 향냄새가 어지러운 장례식장에서도 연지수는 연기식의 등장을 알아차렸다.

"어. 지수 아니냐."

조의금 함을 만지작대던 연기식이 헛기침하며 괜히 조의금 함을 손가락으로 튕겼다.

"이런 걸 이렇게 내버려 두면 어떡해."

망나니 같은 자식. 연지수의 어머니 이예정은 연기식을 그렇게 불렀다. 연지수는 눈에 띄게 조의금 함을 힐긋거리는 연기식에게 두 손으로 붓펜을 건넸다.

"와주셔서 감사해요, 삼촌."

"막냇동생이 허망하게 갔는데 당연히 와야지."

연기식이 어물거리며 붓펜을 받았다. 그런데 바로 뒤에 선 누군가가 연기식의 붓펜을 빼앗아 먼저 방명록에 이름을 휘갈겼다. 연기정. 연 씨 형제의 첫째인 그는 삐쩍 마르고 툭 튀어나온 광대뼈와 매서운 눈매를 지녔다. 사각형의 무테안경까지 쓴 그가 냉정하게 붓펜을 툭 내려놨다.

"너희 어머니는 어디 계시냐?"

쫙 깔린 저음의 목소리와 내려다보는 가느다란 눈매에 연지수가 어깨를 움츠렸다. 금수만도 못한 새끼. 이예정은 그를 그렇게 불렀지만, 연지수는 연기정의 앞에만 서면 한없이 작아졌다. 막냇동생에게도 데면데면하게 구는 연기정은 조카에게도 한없이 날 선 사람이었다.

"아주버님 오셨어요."

때마침 이예정이 나타났다. 연지수는 자연스레 이예정 옆에 섰다. 그리곤 이예정의 옷을 꼭 붙잡았다. 연기식은 툭하면 막냇동생 연지훈을 보러왔지만, 연기정은 달랐다. 그는 꼭 문제가 있을 때만 나타났다. 연지수가 속으로 별일 없기를 수없이 되뇌는데 연기정이 팔짱을 끼며 턱을 치켜들었다.

"제수씨. 힘들 때 이런 말 미안하지만, 지훈이가 우리에게 빚이 좀 있습니다."

그러니까 최대한 빨리 갚으라는 말이었다. 연기식이 또 한 번 조의금 함을 힐긋거렸다.

* * *

결론적으로 연지수, 이예정 모녀는 연기정과 연기식 두 형제에게 조의금 함을 빼앗겼다. 아니, 내줬다. 연지훈은 낡은 성당의 신실한 사무장이었다. 늘 돈이 모자랐다. 저녁 미사, 주일 미사 등으로 융통할 시간도 모자랐고, 외벌이였기 때문에 형제들에게 알음알음 돈을 꾸곤 했다. 갚지 못하는 일도 빈번해서 연지수와 이예정은 이번에도 그런 거라 받아들일 수밖에 없었다. 물론 속상하고 화나지 않았다면 거짓말이다. 어떤 형들이 동생 장례식장에서 조의금 함을 털어가겠는가? 하지만 어쩔 수 없는 건 어쩔 수 없는 거였다. 연지수와 이예정은 연기정과 연기식에게 반박할 낯도 없었고, 소란을 일으켜 고인의 마지막 가는 길을 시끄럽게 하고 싶지도 않았다.

"자매님들……"

신부님을 필두로 성당 사람들이 몰려왔기에 더더욱 그랬다.

생각해보면 참 기막힌 타이밍이었다. 연지수는 그때 삼촌들이 사라지길 바랐다. 물론 그들이 죽어 없어지길

바란 건 아니었다. 그저 껄끄러운 불청객들이 아버지의
빈소에서 떠나줬으면 했던 거였다.

회상하던 연지수가 속으로 작게 웃음을 터트렸다.

'아니, 별반 다를 게 없나? 생각해보면 그 둘이 사라
지길 바랐던 적이 많았잖아.'

이런 생각을 하던 연지수는 자신을 지그지 보고 있던
박혜임과 눈이 맞았다가 어쩐지 멋쩍어져서 얌전히 자
리에 앉았다. 박혜임은 식어버린 찻잔을 거두고 따뜻한
새 찻잔을 밀어줬다. 처음 맡았던 것처럼 깊고 진한 베
르가못 향이 풍겼다. 한층 짙은 수색이 딱 봐도 떫어보
였다. 연지수가 각설탕을 섞자 박혜임이 우유를 권했다.

"거기에 섞으면 밀크티가 돼. 밀크티로 마시기엔 좀
아까운 찻잎이지만."

홍차나 밀크티나 연지수는 관심이 없었다. 원두를 간
커피를 홀짝이거나 찻잎을 우린 차를 음미하는 건 특권
계층이나 누릴 수 있는 사치였다. 우유는 두말할 것도
없다. 보통은 원두인지 찻잎인지 모를 가루를 수돗물에
타 마셨다. 그마저도 기호식품이라 사치스러운 이미지
가 강했다.

"조금 더 앉아 있다 가지 그래. 아직 얘기가 끝나지
않았잖아."

박혜임이 선심 쓰듯 말했다. 하지만 그 말엔 어폐가 있었다. 연지수와 박혜임은 가상세계 볼을 보고 두어 마디 언쟁 아닌 언쟁을 나눈 후 서로 한마디도 하지 않았다. 연지수는 생각에 빠졌고, 박혜임은 연지수의 머리에 부착한 선을 따라 이어지는 태블릿 화면으로 연지수가 회상했던 장례식날을 지켜봤다. 이게 바로 박혜임이 말하는 '인터뷰'였다. 자신이 보여준 화면을 보고 연지수가 생각하는 걸 보여주며 함께 이야기하는 거. 이런 악취미가 또 있을까? 연지수의 얼굴에 언뜻 불쾌감이 스치자 박혜임이 등받이에 몸을 기댔다.

"내일 이어서 해도 좋아. 어차피 처음부터 그러기로 했으니까."

듣던 중 반가운 소리였다. 연지수는 복제품의 살인 행위와 잊고 싶은 날을 떠올려 몹시 기분이 안 좋았다. 차를 핑계로 더 앉아있을 생각이 없었기에 연지수는 미련 없이 자리에서 일어났다.

2

픽! 남자의 후두부에 강한 충격이 일었다. 그 충격은 아프다고 말할 수 있는 게 아니었다. 정신이 아찔해지고 몸이 제멋대로 바닥으로 곤두박질쳤다. 온몸이 도마 위에 생선처럼 파드득 경련했다. 고통은 모든 게 진행된 후에야 밀려들었다.

아……. 아……. 남자가 연약한 소리를 내뱉자 연지수는 남자를 그대로 내버려뒀다. 남자의 비명과 몸부림을 즐기다가 남자가 살려고 발버둥을 칠 무렵에야 벽돌로 마구 찍어댔다.

남자는 간간이 뭐라고 입을 뻐끔댔다. 비명임과 동시에 욕설이었고, 저주였으나 애원이었다.

연지수가 웃었다. 그의 죽음이 평화나 기쁨, 하다못해 미련이나 슬픔도 아니고 지독한 혼란이라는 게 마음에 들었다. 그는 숨이 다하는 순간까지 연지수를 생각할 거다. 인생의 마침표가 '내'가 아니라 '남'으로 끝나는 인생이란 어떤 걸까? 그것도 가족이나 친구, 지인도 아닌 평생 업신여겼던 이로 끝나는 인생이란 얼마나 비참할까. 연지수는 마지막으로 더욱 힘차게 벽돌을 휘둘렀다.

* * *

픽! 사나운 소리에 연지수가 움찔 놀랐다. 하지만 두

번째로 보는 영상은 어제만큼 큰 충격을 주진 못했다. 아주 조금, 익숙해졌다는 말이다. 연지수는 오늘도 쥐어진 돈 봉투와 함께 잠시 잠깐 떨린 손을 꾹 억눌렀다. 어제와 달리 향이 옅고 은은한 캐모마일도 도움이 됐다.

"어제랑 같은 영상이라고 생각하니?"

박혜임이 차망에 찻잎을 더 넣으며 물었다. 연지수는 어깨를 으쓱였다.

"거의 그런 거 같은데요."

앞의 내용은 같았다. 삼촌은 뛰었고, 자신의 복제품은 그 뒤를 쫓았다. 다만 어제의 연지수 복제품 1호는 벽돌을 무차별적으로 휘둘렀고, 오늘의 연지수 복제품 2호는 잠시 뜸을 들였다. 그뿐이었다.

"사람을 죽였잖아요."

연지수 복제품 1호와 2호는 다를 게 없다. 연지수의 대답에 박혜임은 음, 하고 낮게 소리 냈다. 특별할 거 없는 반응에 연지수가 가상 세계 볼을 힐끔댔다.

"어떻게 한 거예요?"

"뭘?"

박혜임은 부러 모르는 체했다. 그게 더 답답해서 연지수는 어제의 가상세계 볼과 오늘의 가상세계 볼 두 개를 콕 집었다.

"내 복제품들이요. 하나는 그렇다 쳐도 두 개는 이상하잖아요."

"왜, 넌 저런 짓 따윈 하지 않으니까?"

박혜임이 가볍게 웃었다.

"실제로 하지 않았어요."

"글쎄. 어제도 말했듯이……."

"내 모든 걸 옮겨 담았다고요. 거짓말 마세요. 본체가 돌연변이라는 말이 통할 줄 아는 건 아니죠?"

연지수가 박혜임의 말을 채갔다. 연지수의 눈빛이 또렷이 빛났다. 박혜임이 너털웃음을 지었다. 하루 만에 성장한 연지수가 대견하다는 듯 박혜임이 안락의자에 편히 기대 깍지를 꼈다.

"맞아. 내가 네 양심을 좀 건드렸어."

"양심? 그건 과학 밖의 일이잖아요."

연지수가 인상을 찌푸렸다. 갑자기 판타지 같은 생뚱맞은 소리를 하는 박혜임을 이해할 수 없었다. 하지만 박혜임은 이번에도 웃음을 터뜨렸다. 도무지 웃음을 참을 수 없는 거 같았다.

"아니, 과학적으로도 건드릴 수 있어. 안와피질과 복내측 전전두피질을 조금 건드리면 돼. 이 부위들은 억제, 사회적 행동, 윤리, 도덕성에 관여하거든."

하! 연지수가 이제야 알겠다는 듯 명쾌하게 소리 냈다. 안와피질이 뭔지, 복내측 전전두피질은 또 어떤 건지 알 수 없었으나 정확한 건 박혜임이 복제품에 손을 댔다는 사실이었다.

"내 모든 걸 옮겨 담았다더니 거짓말이었네요!"

연지수는 이제야 답답한 속이 뻥 뚫린 듯 시원했다. 박혜임은 스스로 연지수의 복제품이 완벽하지 않다는 걸 증명했다. 그런데 연지수의 반응에 박혜임이 미소를 거뒀다. 한순간에 안경알 너머 박혜임의 눈빛이 단호해졌다.

"양심이 과학 밖의 일이라고 했던 건 너야. 특히 윤리, 도덕성은 과학적인 변화가 아니더라도 충분히 변할 수 있는 분야잖아? 삼촌을 죽이지 않았던 그때. 넌 정말 한 번도 고민하지 않았어? 삼촌들을 알았던 처음처럼 늘 한결같은 마음을 유지했다고 자부할 수 있나?"

"당신이 뭘 알아!"

연지수가 자리를 박차고 일어났다. 분노와 수치심으로 얼굴이 화끈 달아올랐다. 하지만 박혜임은 깍지 낀 손에 턱을 괸 채 요지부동이었다. 마치 그대로 굳어버린 듯 미동도 없는 모습에 연지수가 이를 갈았다.

돌이켜보면 그 둘이 사라지길 바랐던 적이 많았다고

생각한 게 불과 몇 시간 전이었다. 실제로 연지수는 그 둘이 죽어버렸으면 좋겠다고 생각했다. 비록 그들을 죽이지 않았더라도.

* * *

연지수네 집은 연지훈이 일했던 성당 근처의 낡고 허름한 단독주택이었다. 말이 단독주택이지 지붕과 철제 대문이 맞닿아 있어 네모난 시멘트 덩어리처럼 보였다. 당연히 마당이라곤 한 뼘도 없고 철제 대문을 열면 불투명 유리문 너머로 바로 집이 시작되는 기이한 구조였다. 비단 연지수 집뿐만이 아니었다. 연지수의 옆집도 또 그 옆집의 옆집도, 또 그 옆집 옆집의 옆집도 똑같았다. 모두 열악한 환경과 치안 때문이었다.

그날도 으레 어느 집의 철제 대문이 거세게 울려댔다.

"문 열어!"

아이참. 이예정이 불퉁한 소리를 내며 뒤척였다. 3일간 쉼 없이 움직였던 몸을 뉜 지 불과 한 시간도 지나지 않았다. DNA나 뇌 보존 등 복잡하고 비싼 절차는 생략됐지만, 충분히 고된 시간이었다. 이예정 옆에 나란히 누운 연지수도 물먹은 솜처럼 무거운 몸을 움직이지 못

하고 눈썹만 씰룩였다. 쾅쾅쾅! 철제 대문을 두드리는
소리는 잦아들 기미가 없었다.

"안에 있는 거 다 알아!"

바로 귓전에 대고 외치듯 고함이 쩌렁쩌렁하게 울렸다.

"대체 어느 집이야? 사람 없는 척 좀 잘하지."

이예정이 졸음이 가득한 목소리로 불만을 터뜨렸다.
서로 사정이 빤한 마당에 미안했지만, 연지수도 같은
생각이었다. 안에서 인기척을 냈으니 채권자가 저렇게
두드리는 거 아닌가. 그때. 쾅! 집 창문이 격렬한 소리와
함께 파르르 진동했다.

"제수씨!"

격렬한 호통에 이예정이 벌떡 일어났다. 연지수도 화
들짝 놀라 몸을 튕기며 일어났다.

"아니, 제수씨 집에 있는데 왜 없는 척한 겁니까?"

철제 대문 앞에서 연기식이 퉁명스럽게 물었다. 씩씩
거리는 폼이 대문을 두드려도 한참 두드린 모양이었다.
팔짱을 끼고 선 연기정의 표정도 싸늘했다. 저 멀리 어
느 집의 대문이 살그머니 열렸다가 닫혔다. 이예정이
부스스한 머리를 손가락으로 빗어 정리했다.

"장례 끝내고 이제 왔어요. 너무 피곤했고요."

'장례'라는 말에 연기식이 헛기침하며 목소리를 가다듬었다. 연기정이 안경을 추켜올렸다.

"제수씨……."

"아주버님들 애 아빠 발인식에는 왜 안 오셨어요?"

이예정이 연기정의 말을 가로챘다. 연지수가 깜짝 놀랐다. 이예정은 뒤에서 험한 말을 내뱉어도 연기식과 연기정 앞에서는 말을 아끼곤 했다. 연례행사처럼 돈을 꾸는 연지훈과 더불어 두 사람 앞에서는 어깨가 안으로 굽고 작아졌다. 그런데 피곤함이 가시지 않은 얼굴이 연기식과 연기정을 나무랐다. 연지수만큼이나 당황한 연기식과 연기정이 두 눈을 동그랗게 떴다.

"제수씨! 지금 무슨 의도로 물은 겁니까?"

연기식이 벌건 얼굴로 소리 질렀다. 이예정이 이렇게 나올 줄 몰라 당황한 눈치였다.

"말 그대로예요. 그래도 형제인데 애 아빠 마지막 길까지 보셨으면 좋았을 텐데요."

"당신 미쳤어?"

결국 비난을 참지 못한 연기식이 삿대질했다. '제수씨'라는 최소한의 호칭도 빼먹었다. 감자 같은 얼굴이 붉으락푸르락 위협적으로 변했다. 이예정의 옆에 있던 연지수가 어머니의 옷깃을 붙잡았다. 그런데도 이예정은 연기정 앞으로 한 발짝 나아가기까지 했다.

"아뇨, 제정신이에요."

이예정은 전에 없을 만큼 차분하고 단호했다. 혼탁했던 눈빛에 이채가 돌았다. 연지수가 붙잡았던 어머니의 옷깃을 슬그머니 놓았다. 이예정은 이제껏 참아왔던 무언가를 터뜨릴 준비를 하고 있었다. 그런데 바로 옆에서 연기정이 짧게 한숨을 쉬었다. 일부러 들으라는 듯이. 아주 어린 이를 대하듯 한심하고 기가 찬다는 날숨이었다.

"제수씨, 우리라고 마음이 편했던 줄 압니까? 그나마 오늘 온 것도 지훈이 생각해서라는 걸 아셔야죠."

연기정이 자켓 안쪽에서 흰 서류 하나를 꺼냈다. 차용증이었다. 연지훈이 연기정과 연기식에게 돈을 빌리고 갚겠다는 차용증. 무엇이 그리 급했는지 연지훈의 사인이 휘갈겨 있었다. 순간 힐끔대던 연지수는 쿵, 하고 심장이 떨어지는 거 같았다. 곧바로 연지훈의 싸인처럼 심장이 벌렁벌렁 뛰기 시작했다. 이예정도 사색이 됐다.

"우리도 당장 돌봐야 하는 가족이 있고 일이 있습니다. 그리고 뭔가 착각하는 거 같은데 지훈이나 제수씨나 돈 빌릴 때 말고 우리를 찾은 적이 있습니까?"

연기정이 사납고 날카로운 눈매로 일침을 가했다. 이

예정이 순간 중심을 잡지 못하고 휘청였다.

"엄마!"

연지수가 얼른 이예정을 부축했다. 뿌옇게 흐린 이예정의 눈이 차용증에서 떨어질 줄 몰랐다. 차용증에 적힌 액수는 조의금 함이 몇 개나 있어도 모자랄 만큼 거액이었다. 연기식과 연기정이 차가운 눈으로 이예정을 내려다봤다. 연지수는 순간 왈칵 눈물이 나는 걸 참아야 했다.

'아무리 그래도 사채업자도 아니고 꼭 지금이어야 했어요?'

연지수는 목구멍 끝까지 차오른 말도 꾹 삼켜냈다.

* * *

연지수가 핏줄이 불룩불룩 튀는 관자놀이를 꾹 짚었다. 그때 참은 눈물도, 말도 이제는 다 부질없지만, 지금이라도 한마디 하고 싶은 말이 있다.

'아무리 그래도 상주 완장 정도는 차줄 수 있었잖아.'

아니, 아니다. 그보다 더 반박하고 싶은 말이 있다.

'아빠는 대소사가 있을 때마다 삼촌들을 찾아서 인사했어요. 엄마도 마찬가지였고요. 삼촌들이야말로 돈 갚

으랄 때 말고 우리 집을 찾은 적 있어요?'

이건 너무 길다. 구구절절 불필요하다.

'꼭 그렇게 죽은 형제와 남은 가족을 파렴치한으로 만들어야겠어요?'

생각하다가 연지수가 허한 숨을 내뱉었다. 어떤 말이든 결국 다 감정에 호소하는 말뿐이었다. 우리한테 너무한 거 아니냐고. 그럼 연기식은 길길이 날뛰며 성질을 내고, 연기정은 안경을 추켜올리며 속으로 콧방귀나 뀌고 말 테다.

'개자식들!'

연지수가 속으로 욕지기를 뇌까렸다. 그러다 번뜩 정신 차렸다. 속으로나마 이렇게 삼촌들을 욕해본 적은 처음이었다. 이건 박혜임에게 소리쳤던 것과는 달랐다. 뭔가 더 강렬하고 오묘한 기분이 들었다. 굳이 단어를 찾아 나열하자면 조심스러워 걱정되면서도 통쾌한 해방감 같은 거였다. 갈증이 몰려왔다.

"마음에 들어?"

연지수가 찻잔을 빠르게 비워내자 박혜임이 물었다.

"……"

연지수는 침묵했다. 박혜임이 차호에서 캐모마일을 꺼내 차망에 넣었다. 벌써 두 번째로 캐모마일을 더한 차망이 가득 찼다. 은은한 향이라도 더해지고 더해지면 독해지는 법이다. 진한 풀냄새에 연지수가 코끝을 문질렀다.

"내가 너무 지나쳤나?"

박혜임이 찻주전자를 옆으로 밀어냈다.

"아뇨, 괜찮아요."

연지수가 빈 찻잔에 캐모마일 차를 따랐다. 갈증이 났다. 풀냄새와 떫은맛이 느껴졌지만, 연지수는 연거푸 진한 캐모마일을 몇 차례나 따라 마셨다. 박혜임이 쓰고 독한 차보다 자신의 눈앞에 놓인 가상세계 볼이나 치워줬으면 싶었다. 아니, 빨리 인터뷰를 끝내고 싶었다.

3

픽! 픽!

붉은색 벽돌이 잔상을 남기며 허공에 아로새겼다. 빈집의 벽들이 반사하고 스산한 밤바람이 밀어내는 소리를 들으며 연지수가 하늘을 바라봤다. 희번덕거리며 뒤집힌 남자의 흰자위가 그 하늘에 닿아 있었다. 달도 없는 밤하늘. 눈이 뒤집히는 순간 삼촌은 뭘 봤을까?

"연지수."

연지수는 당연하다는 듯 자문자답했다. 죽어가는 이가 본 거라 봐야 당연했다. 자신을 죽이는 이 또는 그 흉기. 아니, 혹은 다른 무엇이었을까? 생각하다가 연지수가 비웃었다. 아쉽게도 꿈이나 추억 따위라는 생각은 할 수 없었다.

바람의 방향이 바뀌었다. 공기의 변화를 기민하게 알아차린 연지수가 피범벅이 된 벽돌을 하늘 위로 치켜들었다.

* * *

"저, 저게 뭐야?"

자신의 복제품 3호와 눈이 마주친 연지수가 놀라 그 자리에 주저앉았다. 박혜임은 예의상으로라도 그럴 리 없다고 말하지 않았다. 그저 늘 그랬듯 차호에서 찻잎을 고르고 있었다. 연지수가 떨리는 손으로 의자 팔걸이를 꽉 쥐었다.

'그냥 하늘을 본 거야. 가상세계 볼이잖아. 나랑 눈이 마주쳤을 리 없어.'

연지수는 그렇게 되뇌며 안정을 되찾았다. 빠르게 숨이 돌아오는 연지수를 보며 박혜임이 새로 우린 차를

194
김미영

건넸다. 오늘은 차향이 독특했다. 첫날의 밀크티처럼 향 긋하지도, 둘째 날의 캐모마일처럼 은은하지도 않았다. 스파이시한 향이 코끝을 강렬하게 훑고갔다. 그 뒤로는 오묘한 풀냄새가 났다. 언뜻 날것 그대로의 생잎 느낌 이었다. 풀밭의 풀 하나를 따서 짓이겨놓은 냄새. 연지 수가 찻잔을 들어 풍기는 향을 맡자 박혜임이 차를 홀 짝였다.

"이젠 알아서 향을 음미하네. 가르쳐주지도 않았는데 말이야. 놀라도 금방 진정하고."

"세 번째인데 놀랄 게 뭐가 있어요."

연지수가 테이블 옆에 올려놓은 흰 봉투를 바라봤다. 마지막 날이라 그런지 유독 그 부피가 컸다. 이것도 마 지막이었다. 연지수가 무심한 말을 끝으로 입을 닫아버 리자 서재의 분위기가 묵직하게 가라앉았다. 째깍째깍, 시계 초침 소리가 크게 들릴 정도였다.

"아직 화가 안 풀렸어?"

박혜임이 물었다. 연지수는 지난번 인터뷰를 떠올렸 다. 당신이 뭘 아냐고 소리친 이후 연지수는 더 이상 그 주제를 가지고 대화하지 않았다. 어차피 박혜임도 연지 수가 회상한 그날을 다 봤으니 말을 꺼내는 것도 불필 요했다. 연지수가 어깨를 으쓱였다.

"화낼 게 뭐 있어요? 다 봤는데."

박혜임이 연지수의 회상을 봤다는 건 연지수도 봤다는 뜻이었다. 연지수의 머리와 같은 선이 연결된 화면은 앞뒤로 영상을 송출했다. 연지수는 그날을 생각하면서 눈으로도 똑똑히 그날을 볼 수 있었다. 그건 두 번째여도 이상한 경험이었다. 그때의 감정이 되살아남과 동시에 자신이 얼마나 삼촌들이 사라지길 바랐던가 떠올릴 수 있었다. 연지수가 테이블 위에 나란히 놓은 가상세계 볼 세 개를 천천히 훑어봤다.

* * *

연지훈은 신실한 크리스천이었다. 평일 미사든 주일 미사든 가리지 않고 참석했으며 성당 일이라면 무슨 일이든 앞장설 만큼 오지랖도 넓었다. 구역장보다도 성당에 얼굴을 더 자주 내비쳤으니 봉사개념으로 치는 성당 사무장직 제안도 덥석 받았다. 우스갯말로 성당 사무장을 하면 열에 아홉은 학을 떼고 그만둔다는데 연지훈은 직업 만족도도 최상이었다. 한마디로 봉사에 특화된 사람이었다는 말이다. 그런 그의 성품이 여리고 순박한 건 당연지사였다.

"어, 지훈아. 우리 회사 지금 이사 중인데 일손이 좀 부족해서."

그날도 연지훈의 핸드폰 너머로 연기식의 목소리가 똑똑히 들렸다.

"예, 형님. 그럼 제가 가야죠."

연지훈은 두말할 거 없이 제가 가겠다며 자리에서 일어났다. 찌개를 덜어주던 이예정의 얼굴이 일그러졌다.

"여보, 우리 지금 식사 중이잖아."

"미안해. 먼저들 먹고 있어. 나는 다녀와서 먹을게."

연지훈이 뒷머리를 긁적였다. 하지만 연지훈은 머쓱해하면서도 다시 자리에 앉지 않았다. 이예정이 연지훈을 똑바로 응시했다.

"가족이 다 같이 하는 시간이고 식사도 교육이야. 당신이 이러면 지수가 뭘 보고 배우겠어?"

식사 예절을 운운하고 있지만 이예정은 핸드폰 너머 연기식에게 눈치를 주고 있었다. 아니, 그보다 더 많은 의미가 있었지만, 연지훈은 얼른 통화를 종료하며 사람 좋게 웃었다.

"가족이잖아. 힘들 때 도와야지."

"회사 이사하는 게 좋은 일인지 나쁜 일인지 한 마디도 없다가 이삿짐 나르라고 전화하는 게 가족이야?"

이예정이 차분하게 반박했다. 언뜻 연지훈 입장에선 불쾌할 수도 있는데 연지훈은 이예정의 손을 어루만졌다.

"좋은 일이면 다행이지만, 나쁜 일이면 어떻게 말하겠어. 우리가 이해해야지."

연지훈이 남은 한 손으로 연지수의 어깨를 도닥였다. 이예정이 연지훈을 붙잡았다. 그때. 연지훈의 핸드폰이 진동했다.

"야 인마! 지금 오면 형이랑 내가 어련히 일당 겸 네 빚에서 까주겠지, 안 그래!"

연기식이 쩌렁쩌렁한 목소리로 말했다. 연지훈이 급하게 음량 버튼을 조절했지만 이미 연기식의 말이 다 끝난 후였다. 이예정이 입술을 꾹 깨물었다.

"그래, 가족인데 어떡하겠어."

연지훈은 연거푸 미안하다는 제스처를 취하며 나갔다. 이예정이 깊은 한숨을 내뱉었다.

"어쩜 말을 해도 꼭 저렇게 밉살스럽게 하나 몰라."

이예정이 국자로 다시 찌개를 나누며 푸념했다. 이예정의 손이 잘게 떨렸다.

이예정도 신실하고 착하기로 성당에서는 모르는 사람이 없었으나 연지훈만큼은 아니었다. 이예정은 덮어놓고 도움을 주거나 이유 없이 오지랖을 부리지 않았다. 누구는 보기보다 약았다고 했고 또 누구는 이예정이야말로 친절한 거라고 했다. 연지수는 후자라고 생각했다.

연지훈은 늦은 새벽이 돼서야 돌아왔다.

"다들 안 자고 있었어?"

연지훈이 머쓱하게 물었다. 잠귀가 밝은 연지수는 철제 대문이 삐걱대는 소리에 깼고, 이예정은 연지훈을 기다리고 있었다. 연지훈이 식탁에 앉아 찌개 그릇을 열었다. 그밖에 식탁보로 덮어두기만 한 반찬에도 젓가락질을 시작했다.

"이 시간까지 일 시키면서 밥도 안 줬어?"

이예정이 끝처리가 모호해 질문인지 아닌지 알 수 없는 어투로 물었다. 연지훈이 어색하게 웃었다.

"아니, 가보니까 이사 간 공간에 비해 짐이 많더라고. 그래서 이것저것 버리고 공간에 맞게 정리하는 게 좀 오래 걸렸어."

순간 이예정의 입꼬리가 씰룩였다. 웃는 듯 아닌 듯 애매했다. 하지만 연지수는 정확히 봤다. 이예정은 웃었다.

"그래? 그래도 그렇지 밥 한 끼 얼마나 한다고."

이예정이 조금 누그러진 목소리로 자신이 누울 이부

자리를 펴기 시작했다.

"그런 게 아니라 그럴 시간이 없었다니까."

연지훈은 땀까지 뻘뻘 흘리며 해명했다. 그러거나 말거
나 이예정이 연지수를 도로 이불 위로 눕히며 도닥였다.

"너희 삼촌들도 참 너무하지 않니. 너희 아빠가 일꾼
도 아닌데."

"정말 그런 거 아니라니까. 그리고 나 당신이 차려준
거 아니면 어디 가서 잘 먹지도 못하잖아."

'참 우리 부모님다웠지.'

차를 홀짝이며 연지수가 생각했다. 동시에 온몸에 열
이 확 뻗쳤다. 어쩐 일인지 박혜임도 불편하고 딱딱한
얼굴로 화면을 지켜봤다.

"저 때 안 거야?"

박혜임이 화면을 응시한 채 물었다. 그 진지한 얼굴을
보며 연지수는 이제 정말 삼촌이 사라지길 바랐던 때
를, 박혜임이 자신의 은인이었다는 사실을 떠올렸다.

* * *

연기식과 연기정이 차용증을 보여준 날부터 이예정

200
김미영

은 머리를 싸매고 누웠다. 아무 말도 하지 않고 겨우 물 몇 모금으로 하루를 연명하며 성당은커녕 동네 마트에도 가지 않았다. 자연스레 집은 싸늘하게 식어 어둡고 축축해졌다. 연지수가 아무리 쓸고 닦아도 폐가처럼 엉망이 됐다.

"지긋지긋해."

며칠이나 지났을까. 이예정이 읊조렸다. 생기가 하나도 없이 라디오를 틀어놓은 거 같았다.

"너희 삼촌들도. 너희 아빠도."

그 무렵 연지수는 이예정이 연기식과 연기정은 물론 연지훈까지 '너희'라는 수식어를 붙여부르기 시작했다는 걸 깨달았다. 숨이 턱 막히고 알 수 없는 불쾌감과 분노가 들끓었지만, 이예정의 중얼거림에 맥이 풀렸다. 이예정은 연지훈이 돈을 못 벌어온 것부터 시작해 이예정에게도 돈을 꾸게 했다는 것까지 털어났다.

"그뿐이겠니? 너희 아빠는 툭하면 사기를 당했었어."

이예정은 이까지 갈았다. 보험 판매, 핸드폰 판매 등 각종 판매 권유부터 시작해 본인들 형편에는 엄두도 못 낼 DNA 분야 투자사기에도 당할 뻔했던 걸 얘기했다. 그중에서도 제일 어이가 없었던 건 고작 중학생들에게도 사기를 당한 일이었다.

연지훈은 바코드가 고장 난 코인 칩을 현금으로 바꿔 주기까지 했다. 그 중학생들은 번화가가 아닌 동네 서점에는 코인 칩 단말기가 없어서 곤란하다는 한마디만 했다고 한다. 이예정은 연지훈이 얼마나 무지하고 어리숙한지에 대해 계속해서 말했다. 결국 애기는 돌고 돌아 다시 연기식과 연기정에 대한 이야기로 돌아왔다.

"다 그 자식들 때문이야. 평생을 바보처럼 이용만 당했으니 죽을 때까지 그랬던 거지. 심지어 나까지 그렇게 살게 했어."

이예정이 누운 채로 꺽꺽댔다. 도무지 울음을 참을 수 없었던 모양이다. 그런데 이상하게도 이예정이 신세 한탄을 하며 울면 울수록 연지수의 마음은 저 깊은 심해에 가라앉듯 차분해졌다. 어떤 일렁임도 없이 고요했다. 당장에라도 아무 일 없었던 것처럼 잠을 자고 일어나 일상생활을 할 수 있을 거 같았다. 왜 그런 건지, 그게 어떤 감정인 건지 연지수는 알 길이 없었다.

"넌 아무렇지도 않니?"

어느새 연지수를 향해 돌아누운 이예정이 벌건 눈으로 물었다. 연지수의 마음은 더더욱 차분하고 침착하게 저 밑으로 내려앉았다. 이예정의 얼굴이 볼썽사납게 일그러졌다. 드디어 무언가를 토해내려는 듯 이예정이 입술을 달싹였다. 그런데 그 순간. 쾅쾅쾅! 철제 대문이 울렸다.

"제수씨! 제수씨 좀 나와봐요!"

"네 엄마는?"

연지수가 철제 대문을 밀고 나오자 연기식이 씨근덕댔다. 그 옆에 선 연기정도 꽤 화가 난 듯 눈이 세모꼴이었다.

"아프세요."

연지수가 무덤덤하게 말했다.

"뭐라고!"

연기식이 바로 대답하며 콧김을 마구 뿜었다. 어디가 아프냐 걱정하는 게 아니었다. 연기식은 지금까지 왜 연락이 안 됐냐, 먼저 연락을 해야 했다며 이예정이 아프다는데도 다른 말만 늘어놨다. 그러면서 틈틈이 발까지 쾅쾅 굴렀다. 하지만 연지수는 너무 차분해서 연기정의 분노를 받아낼 수조차 없었다. 정신이 저 심연 아래 있어 현실감마저 사라졌다.

"계속 이러면 우리도 어쩔 수 없다."

연지수가 아무런 반응도 하지 않자 연기정이 안경을 추켜올리며 말했다. 그 뒤로도 뭐라고 뭐라고 말을 덧

붙였는데 들리지 않았다. 연기식과 연기정이 연지수를
향해 그렇게 많은 말을 한 건 처음이었다. 그들은 연지
수를 늘 없는 사람 취급했다. 그 둘이 연지수에게 말을
걸 때는 너희 어머니 있냐, 너희 아버지 있냐며 이예정
과 연지훈을 찾을 때뿐이었다. 평소 같으면 그들이 한
마디만 해도 한껏 움츠러들었을 텐데, 연지수는 태연했
다. 심연 아래 가라앉은 감각 때문일까, 한번 꺾인 오감
은 모든 것을 거세하듯 연지수의 감각을 비틀었다. 연
지수는 이 모든 게 비현실적인 걸 넘어 무감각하고 부
질없는 데다 하찮게까지 느껴졌다.

"너 지금 내 말 듣고 있는 거냐!"

연기식과 다르게 좀처럼 언성을 높이지 않는 연기정
이 높은 어투로 물었다. 하지만 그때, 연지수는 무언가
번뜩 떠올랐다.

차용증.

밥 먹듯 사기당했던 연지훈. 두 형에게 꼼짝 못 했던
연지훈. 그런 연지훈을 머슴 부리듯 부려 먹었던 연기
식과 연기정. 그리고 더 작은 곳으로 이사한 연기식과
연기정의 회사.

마지막으로 차용증에 날아갈 듯 날인된 연지훈의 싸인.

연지수의 눈앞으로 그 사인이 너풀거렸다. 연지수가

204
김미영

연기정이 쥐고 흔드는 차용증을 붙잡았다.

"뭐 하는 거냐!"

연지수가 차용증을 빼앗아 노려보자 연기정이 소리질렀다. 하지만 그러면 그럴수록 연지수는 더욱 마음이 굳어갔다.

"도장은요?"

연지수가 물었다.

"뭐? 뭔 도장?"

연기정이 살짝 당황했다.

"도장이요. 보통 이런 차용증엔 도장이라던가 지장을 찍잖아요. 그건 어디 있어요?"

"사인만으로도 법적 효력은 충분하다."

연기정이 팔짱을 낀 채 말했다. 퍽 냉정하고 확신한 말이었지만 연지수는 다시 한번 차용증을 확인했다.

"아뇨, 필요해요. 이거 저희 아버지 사인이 아닌 거 같아요."

짝!

말을 끝내기가 무섭게 손바닥이 날아들었다. 시야가 한 번 암전됐다. 머리가 어지럽고 얻어맞은 뺨이 후끈거렸다. 연지수가 철제 대문에 의지해 흔들리는 몸을 세웠다.

"피는 못 속인다더니. 무작정 의심하고 뻔뻔스러운 건 네 엄마를 닮은 거냐?"

연기정이 사나운 얼굴로 말했다.

"지훈인 그렇게 착했는데! 두 모녀가 아주 철면피가 따로 없어! 뭐? 아버지 사인이 아닌 거 같아?"

연기식이 주먹을 쥐고 소리쳤다.

"아버지는 어떤 때라도 사인을 휘갈기지 않으셨어요."

연지수가 차용증을 들이밀며 힘줘 말했다. 사무장으로 일했기에 연지훈은 사인할 일이 꽤 많았다. 그리고 그때마다 연지훈은 사인이 곧 자기 얼굴이라며 꾹꾹 눌러 썼다. 지독하게 무지하고 어리숙해 뭐든지 반듯하게 하고 싶어 했던 연지훈과 잘 어울리는 버릇이었다.

"어떻게 동생 버릇도 모르세요?"

사인이라고 다 자기들처럼 휘갈겨 쓸 줄 알다니. 분노보다는 헛웃음이 나왔다. 연기정이 이를 갈았다. 연기식이 쥐었던 주먹을 휘두를 것처럼 들어올렸다.

그때.

"채권추심도 정해진 시간에만 해야 하는 거 아시죠?"

드론 조종기를 든 박혜임이 골목 어둠 속에서 나타났다. 그를 뒤따라 윙, 기계 소리를 내며 드론 몇 대가 따라나왔다. 모두 음성녹음까지 지원되는 카메라를 부착한 드론이었다. 연기식과 연기정의 얼굴이 낭패감으로 물들었다.

* * *

그때 박혜임이 배경 조사를 한다며 동네를 돌아다니지 않았더라면 큰일이 났을 거다. 그만큼 연기식은 자기 감정을 주체하지 못하는 성격이었고, 연기정은 이미 뺨까지 올린 상태였다. 연지수는 이번에도 헛웃음이 나왔다.

"선생님이 아니었다면 지금쯤 빚더미에 앉았을 거예요."

연지수가 자기 생각을 그대로 보고 있는 박혜임에게 말했다.

"글쎄. 넌 어떻게든 싸워서 차용증이 가짜라는 걸 밝혔을 거야."

박혜임이 안경을 벗어 눈 앞머리를 꾹 짓눌렀다. 연지수가 자신의 머리에 부착된 선을 떼어냈다.

"아뇨. 선생님이 각종 기관과 변호사를 연결해줬기 때문이었죠."

"연기식과 연기정은 널 의기소침하고 음침한 아이라고 생각했지. 하지만 난 그렇게 생각하지 않아. 너도 너

207
붉은 벽돌

자신을 그렇게 생각할 필요 없고."

박혜임이 단호하게 말했다. 연지수가 차를 홀짝였다. 갈증이 났다.

"궁금한 게 있어요."

연지수가 떨리는 손을 맞잡으며 말했다. 잠시 손을 거뒀을 뿐인데 점점 더 갈증이 심해졌다. 연지수는 다시 찻잔으로 손을 가져갔다. 연지수가 연거푸 두어 잔의 차를 비울 때까지 박혜임은 먼저 묻지 않았다.

"차에 뭐라도 섞었어요?"

"의심스러우면 나갈 때 비서한테 찻잎을 받아가."

박혜임이 테이블 끝에 붙은 호출기를 눌렀다. 연지수는 됐다고 짧게 도리질 쳤다. 대신 다른 걸 묻겠다는 듯 박혜임을 똑바로 응시했다.

"내 복제품이 아니, 내가 왜 궁금해요?"

연지수의 질문에 박혜임이 아무 말 없이 서랍에서 흰 봉투를 꺼냈다. 참 이상한 답변이었다. 침묵이야말로 완벽한 대답인 것을. 하지만 그렇기에 연지수는 박혜임다운 대답이라고 생각했다. 박혜임은 연지수 본인보다 기민하게 연지수의 변화를 알아챘다. 그리고 끊임없이 그 사실을 알렸다. 연지수는 심해처럼 깊고 고요해진 감각이 사실 활화산처럼 격렬하게 들끓고 있었다는 걸 깨달았다. 푸른 불꽃이 가장 높은 온도인 것처럼. 연지수는 다시금 온몸이 달아올랐다. 알 수 없는 기이한 감정이 물밀듯 밀려와 소용돌이쳤다. 어제는 해방감이었는데 오늘은 다시 답답해졌다. 어지럽고 메스껍고 구역질이 났다.

"혹시 저 가상세계 볼 안에 저도 들어갈 수 있어요?"

연지수가 가상세계 볼을 손가락으로 찍었다. 이미 답은 알고 있었다. 언제든 가상세계 볼에 들어갈 수 있다. 애초에 가상세계 볼이 만들어진 목적이 그거였다. 사람들은 가상세계 볼 안에서 다양한 어드벤처를 즐긴다. 그게 아름다운 동화든 끔찍한 호러든. 하지만 박혜임은 고개를 가로저었다. 특별한 부연 설명은 없었다. 그러자 연지수는 더욱 참을 수 없어졌다. 연지수가 자리에서 벌떡 일어났다.

"인터뷰는 이제 끝이죠?"

"그래. 끝이야. 고마웠다."

박혜임이 빈 찻잔을 거둬가며 인사했다. 연지수는 차분하게 다기를 정리하는 박혜임을 내려다보았다.

"내 얘기가 정말 재미있어요?"

연지수가 자기 손에 들린 묵직한 흰 봉투 두 개와 가상세계 볼 세 개를 쳐다봤다. 박혜임이 고개를 들어 의자 등받이에 몸을 기댔다.

"재미없지. 다만, 동서고금을 막론하고 이런 얘기는 수요가 있거든. 호불호가 갈릴지라도."

박혜임이 다시 안경을 썼다. 그는 차분하고 침착했다. 정말 대화의 끝이었다. 연지수는 짧게 웃곤 미련 없이 박혜임의 서재에서 나갔다.

박혜임은 연지수가 나간 뒤 남은 다기 정리를 끝마쳤다. 째깍째깍 시계 돌아가는 소리를 듣다가 자리에서 일어났다. 창가로 다가가니 공사 중인 화단이 보였다. 식사 시간과 겹쳐 인부들은 없었지만, 아직 덮이지 않은 흙과 꽃모종, 화단이 될 붉은 벽돌이 한곳에 가지런히 정리돼 있었다. 그때. 건물에서 나가는 연지수의 모습이 보였다. 연지수의 발걸음이 초연했다. 이미 이 건물에 익숙해진 듯 자연스러웠는데 별안간 연지수의 발걸음이 점점 느려졌다.

박혜임이 안경을 추켜올렸다. 연지수가 천천히 공사 중인 화단으로 다가갔다. 그러더니 무언가를 집어 가방에 넣곤 다시 평온한 모습으로 사라졌다. 하지만 박혜임은 봤다. 찰나의 순간, 연지수가 가방에 넣은 건 붉은 벽돌이었다.

작가의 말

이 소설은 본래 장편으로, 단편에 맞게 바꿨다. 그 과정에서 온전히 남은 거라곤 연지수밖에 없다. 그러다 보니 자연스럽게 오래 보고 많이 알게 된 연지수에게 애정이 간다. 이 이야기를 본 분들이 짧게나마 연지수를 사랑해주고 뒷얘기를 궁금해해주시면 좋겠다. 그리고 벽돌을 들고 간 연지수의 뒷얘기가 궁금한 분들을 위해 초반 부분만 다시 읽어보시라고 권하고 싶다. 어쩌면 나와 같은 장편을 떠올릴지도 모른다. 또한 이 소설을 봐주신 모든 분에게 감사하다는 말을 전하고 싶다.

자귀꽃

박계현

제18회 사계 김장생 신인문학상 소설부문에 「알렉스」가 대상을 수상하며 등단했다. 여러 글을 쓰던 중 SF 소설이 적성에 맞아 즐겁게 쓰고 있다. 쏟아지는 정보의 호수에서 모든 걸 SF화 시키는 중이다. 멘토인 남편과 뮤즈인 세 아이에게 어떤 장난을 칠까 궁리하며 시간을 보낸다.

오늘 맡은 수리는 간단한 작업들이었다. 마지막 집에 도착했을 때 오후 3시였다. 4902호 명판에 눈을 댔다. 홍채가 인식돼 자동으로 문이 열렸다.

— 안녕하세요. 수리기사 최수린입니다.

조용했다. 반겨주는 홀로그램 가정부 앨리의 인사도, 가지치기 드론의 비행 소리도, 벽마다 돌아다니는 오토 잔디깎이의 엔진음도 없었다. 신발을 벗고 들어가자 알싸하면서도 달콤한 향기가 났다. 무지갯빛 덩굴 벽이 길게 이어졌다.

— 이번에는 아가씨네.

낭랑한 목소리였다. 당연히 비어 있을 거라 생각한 나는 소리가 들리는 방향으로 고개를 돌렸다. 귀 위로 짧은 머리가 층을 이루며 흐트러진 백발의 여인이었다. 그녀의 피부는 목소리와 달리 탄력을 잃었고, 얼굴엔 주름이 가득했다. 빨간 가죽 재킷을 입고 꼿꼿하게 서 있는 모습은 자신만만해 보였다.

— 저기 뷰 패널이 켜졌다 꺼졌다를 반복하고 있어요.

고상한 어조가 가리키는 곳은 벽에서 유일하게 덩굴이 없는 1m 폭의 화면이었다. 켜질 때마다 다채로운 색감을 내뿜어 하나의 작품처럼 보였다.

　— 우리 애들도 저게 재미있는지 한참을 보던데.

　나는 주변을 둘러봤다. 그녀가 말하는 애들은 보이지 않았다. 사람이 사는 곳이라기보다는 식물들을 위한 집 같았다. 천장에는 보라색과 붉은색의 종 모양 꽃들이 매달려 있었다. 몇 개의 꽃 안에는 길쭉한 촉수처럼 보이는 게 튀어나와 징그러웠다. 거실에도 소파나 식탁 대신 낮은 화초들로 가득했다.

　손목에 있는 파이 워치 전원을 켰다. 네트워크에 접속 후 4902를 클릭했다. 워치 위에 홀로그램으로 고장 난 뷰 패널의 내부가 나타났다. 확대를 해가며 위에서 아래쪽으로 칩들의 연결을 확인했다. 끊긴 곳이나 손상된 곳은 보이지 않았다. 부품마다 측정되는 전압도 정상이었다. 육안으로 봐서는 문제가 없었다.

　작업 가방에서 전동 드라이버를 꺼냈다. 디지털로 보이지 않을 땐 아날로그 방식으로 뜯어보는 게 최고다. 패널을 고정하고 있는 1mm의 나사를 돌렸다.

　— 아가씨는 다 뜯어서 보는구나. 다른 직원들은 클릭 몇 번으로 해결하던데.

　4902호의 주인은 흐트러진 백발의 머리카락을 손으로 빗으며 내 옆으로 다가왔다. 나는 마지막 나사를 푼

216
박계현

후 조심스럽게 패널을 덩굴 벽에 세워놓았다. 고장의 원인이 나타났다. 내부 칩들 사이에 하얀 먼지들이 껴 있었다. 나는 자세히 살폈다. 하얀 먼지들은 칩에 뿌리를 두고 자라는 듯 실처럼 세로로 길었다.

— 균사 때문이구나.

집주인은 단번에 원인을 알았다는 듯 말했다. 그 말에 몇 달 전 베타 테스트 내역이 떠올랐다. 몇 군데의 벽을 균사를 이용한 자재로 교체한단 공지였다. 균사 자재는 버섯균의 뿌리를 사용해 내열에 뛰어나며 방음과 방화에 도움이 됐다.

— 변이가 생겨 버섯이 자라는 거예요.

집주인의 목소리가 해답을 찾아 즐거운 듯 한 톤 올라가 있었다.

나는 버섯을 제거하기 위해 가방에서 핀셋과 스카치 테이프를 꺼냈다. 집주인은 반걸음 뒤로 물러나 내 행동을 호기심 어린 눈으로 지켜봤다. 테이프를 손에 감고 여러 번 손바닥으로 마주쳐 접착력을 약하게 한 후 소켓들을 청소했다.

— 이런 방법은 처음 보네요.

— 아버지께서 알려주신 방법이에요. 작은 먼지들만 떨어져나오고 내부 칩들에겐 영향을 주지 않아요.

— 좋은 아버지를 뒀군요.

나는 헛기침을 두어 번 하고 청소에 집중했다. 40분 정도 테이프를 교체해 가며 실처럼 자라난 버섯을 제거했다. 패널을 다시 고정한 후 화면을 켰다. 사이언스 테크의 장점을 소개하는 광고가 나왔다. 연구복을 입은 백발의 여자가 이달의 성과라며 각 층의 과학자들을 안내했다. 그 여인의 머리 위로 사이언스 테크 창시자 이사배 박사라는 문구가 나타났다. 나는 내 옆에 서 있는 집주인을 놀란 눈으로 쳐다보았다. 빨간 가죽 재킷을 입은 그녀가 이제야 알아봤냐는 듯 어깨를 으쓱했다.

— 아가씨는 사이언스 테크 생활이 어때요?

박사가 천장의 촉수처럼 튀어나온 빨간 꽃잎을 뽑았다. 그리고 입으로 가져가 쪽 빨았다. 그리곤 몇 개를 더 떼어내 내게 내밀었다. 뭘 하는지 모르겠다는 내 표정을 읽은 그녀가 말했다.

— 한 번도 본 적 없어요? 샐비어예요. 꽃잎을 빨면 단맛이 나요. 옥상 정원에 많이 있는데.

나는 그녀가 말한 옥상 정원을 이용한 적이 없었다. 알람이 울리면 지하 1층에 있는 관리부에 출근한 후 다른 집 내부를 돌며 수리 건을 해결하고 저녁엔 집에 가 잠을 자는 쳇바퀴 같은 삶이었다.

— 이곳에서 이용하는 게 별로 없어요.

빨간 샐비어를 받아 들고 빨아봤다. 혀끝에 단맛이 약하게 감돌았다.

— 이용하는 게 없다고? 모두 사용 가능한 옥상 텃밭과 레인보우 정원 베란다는? 핸드폰과 연동된 벽 패널들은? 아님 가정부 앨리는? 드론이나 잔디깎이도……. 그럼 모듈 시스템도?

나는 그녀의 질문에 고개를 저었다. 박사는 벽의 덩굴들을 손으로 쓰다듬으며 생각에 잠겼다. 하트 모양의 넓은 잎들이 그녀의 손길에 잎을 오므렸다 폈다를 반복했다.

— 혹시 식물을 연구하시나요?

나는 들어왔을 때부터 궁금했던 질문을 했다. 온 집을 가득 채운 식물들에 혹시나 싶었다. 내 질문에 박사의 갈색 눈동자가 밝게 빛났다. 나는 패드에서 이미지 폴더를 열어 사진 한 장을 박사의 눈앞에 내밀었다. 올리브 나무였다. 풍성한 연초록 잎 사이에 몇 개의 잎에 노란 선이 선명했다.

— 이용한 게 하나 있기는 하네요. 아버지를 플랜트장(葬) 했는데, 잎에 노란 선이 생겨서요.

박사가 사진을 보고 활짝 웃었다. 얼굴의 주름들이 더

깊게 파였다.

— 오호. 플랜트장. 어땠어요?

박사가 패드를 가져가 화면에 나온 올리브 나뭇잎을 확대해 자세히 관찰했다.

며칠 전 아빠가 죽었다. 지하 4층 화장터로 옮겨졌다. 검은 양복을 입은 남자 두 명이 내게 서류를 내밀었다. 수목장 안내 내용이었고 확인을 부탁했다. 나는 난처했다. 우리 집 베란다는 정원이 아니었다. 수목장을 할 나무가 없었다. 머뭇거리는 내게 다른 남자가 말했다.

— 혹시 이번에 새로 발명한 플랜트장은 어떠십니까? 이건 베타 테스트로 무료 진행됩니다.

— 플랜트장이 뭐죠?

— 아버님의 유전자, DNA를 식물에 옮기는 겁니다. 수목장, 예전에는 기존의 나무 밑에 화장한 가루를 심었다면 이건 아버님 자체가 나무가 된다고 보시면 됩니다. 작은 화초라 집안에서 물을 주며 키우면 되는 거죠.

나는 고개를 끄덕였다. 패드를 들고 있던 남자가 액정화면을 몇 차례 넘겨 다른 서류를 내밀었다. 베타 테스트 플랜트장 약관이었다. 나는 내 이름을 적고 카메라에 홍채를 가져다댔다. 한 시간이 지난 후 올리브 나무화분을 받았다. 침대 옆 선반 위에 올려놓았다. 연초록의 잎사귀들 사이에 노란 선이 그어진 잎이 몇 개 보였다. 영양도 공급하고 비료도 줬지만 선은 사라지지 않았다. 이미지 검색을 해도 원인을 찾을 수 없었다.

— 플랜트장에 대한 설명은 들었죠?

— 네, 아버지의 DNA…….

— 맞아요. 아버지의 유전자가 나무에 그대로 옮겨지는 거죠. 그렇기 때문에 아버지의 유전자에 문제가 있었으면 이렇게 표시가 나는 거예요. 혹시 나무를 내게 가져올 수 있나요?

— 키우는 데 문제가 있을까요? 굳이 고쳐야 할까요?

— 고칠 필요가 있는지 없는지는 사용자의 판단이에요. 다만 나는 그걸 고칠 수 있어요.

박사는 확신에 찬 말투였다. 나는 알겠다며 고개를 끄덕였다. 하지만 관리부는 10층 위의 과학자들이 살고 있는 공간에 함부로 들어갈 수 없었다. 그들이 연구하는 분야는 극비였기 때문이다.

— 괜찮아요. 조만간 다시 고장 날 거예요. 균사 때문이니까 다시 버섯이 자라겠죠.

낭랑한 목소리로 활짝 웃는 그녀는 고장 나는 걸 당연하게 생각했다. 순간 아빠가 떠올랐다. 아빠 역시 기계가 고장 나기 때문에 자신이 존재한다고 말하곤 했다. 하지만 A/S 재신청은 감점 대상이었다. 찝찝했지만 그 값을 아빠의 수리비로 생각하기로 했다.

수리를 마치고 하이퍼루프에 탑승했다. 관리실이 있는 알파동으로 이동해야 한다. 지상 15층과 40층에 연결 정원이 있지만 지하 3층을 눌렀다. 오늘따라 지하 3층은 시끄러웠다. 아쿠아리움에 심해 동물을 보기 위해 유치원에서 견학을 왔다. 다섯 살 정도 돼보이는 아이들이 노란 가방을 메고 두 명이서 손을 잡고 걸어갔다.

— 여기 살면 좋겠다. 맨날 물고기랑 코끼리도 볼 수 있잖아.

— 난 커서 과학자가 될 거야. 그래서 여기 살 거야.

— 여기에 로봇들도 있대.

태어나서부터 여기서 자란 나는 밖에 나가본 적이 없었다. 친구도 없었다. 노란 가방을 메고 종알거리는 아이들이 신기했다. 난 밖에 나가보고 싶은데. 느긋하게 아이들을 뒤따랐다. 아이들은 어둠 속에서 자체적으로 빛을 내는 물고기를 보자 줄에서 벗어나 수조를 둘러쌌다. 그 모습이 천진해 보였다.

집으로 돌아와 베란다에 있는 작업실로 들어갔다. 베타 테스트 중인 하이퍼루프에 탑승했을 때의 공기저항을 위한 화분 가방을 제작했다. 가로와 세로를 정확하게 맞추고 그 안에 작은 산소통을 넣었다.

* * *

관리부 A/S 신청 4902호-뷰 패널 전원 오류, 레벨 7.
최수린 기사 배정.

LED 전광판에 49층 재수리 신청이 등록됐다. 수리한
지 일주일밖에 안 돼 포인트 감점이 생겼다. 포인트가
낮으면 사이언스 테크에 살 수 없다. 과학자들로 이루
어진 이곳은 실험 중인 제품들을 테스트용으로 사용할
수 있는 이점이 있다. 하지만 그들은 자신의 연구 외엔
관심이 없어 각종 오류와 고장을 만들어냈다. 이달만
해도 나뭇가지를 다듬는 드론과 택배 드론이 벽에 부
딪치는 건이 150회가 넘었다. 집 안에서 로켓이나 폭탄
이 터져 다치는 경우도 있었다. 그때마다 집수리를 하
는 게 관리부 내부팀이었다. 유리로 이루어진 벽 패널
의 전원 오류는 그중에 간단한 수리에 속했다.

— 안녕하세요. 수리기사 최수린입니다.

한 번 와본 곳이라 편한 발걸음으로 하나밖에 없는
패널로 다가갔다. 검은 화면에 Display error란 글자가

돌아다녔다.

— 왔어요!

반가운 목소리였다. 박사는 흰 원피스에 다양한 종류의 꽃송이들로 엮인 목걸이를 하고 있었다. 꽃들은 생기가 돌았다. 그로 인해 박사의 목주름이 더 도드라져 보였다.

나는 장비 가방 옆의 직사각형 다른 가방을 열었다. 노란 선이 무늬처럼 새겨진 올리브 나무를 꺼냈다. 박사는 아빠를 들고 부엌이 있어야 할 자리를 차지한 연구실로 들어갔다.

나는 전동 드라이버로 유리 패널을 분리했다. 저번과 같은 하얀 실이었다. 윗부분이 동그란 지붕으로 버섯처럼 보이기도 했다. 작업을 시작하기 전에 사진을 찍었다. 원인에 균사벽체 변이라고 등록했다. 베타 테스트 오류인 게 확인되면 포인트 감점은 없을 거다.

작업은 빨리 끝났다. 하지만 연구실에 들어간 박사는 나오지 않았다. 그때 거실의 화초 하나가 내 시선을 끌었다. 여덟 개의 긴 잎사귀가 바닷속 문어가 이동하듯 원형으로 크게 벌어졌다 오므라들었다. 나는 움직이는 화초 가까이 갔다. 태양광을 이용한 전기 화초인가 싶었다. 화분을 들고 태양광 패널이나 다른 에너지 공급 장치를 살폈지만 어떤 전지판도 없었다. 그때 잎사귀가 나의 손등을 쓰다듬듯 비볐다. 등에 소름이 돋았다. 화분을 서둘러 내려놓고 연구실을 향해 발걸음을 재촉했다.

— 해결했어요.

박사가 연초록 잎들로 가득한 올리브 화분을 안고 나왔다. 몇몇 잎마다 낙인처럼 선명했던 노란 선이 보이지 않았다. 그녀는 나를 쳐다보며 묘한 미소를 지었다.

— 아가씨도 ALAS 문제가 있죠?

나는 무슨 말인지 이해하지 못했다.

— 포르피리아증 말이에요. 유전이니까.

박사의 말에 그제야 나는 고개를 끄덕였다. 헤모글로빈을 만드는 헴이란 물질에 문제가 생겨 햇빛을 보지 못하는 병이다. 아빠의 얼굴과 팔, 다리에는 흉터가 많았다. 본인이 어렸을 적 병을 몰라 빛으로 인해 피부가 과하게 벗겨졌다고 했다. 유전이라 나 역시 병을 가지고 태어났다. 그로 인해 남들과 다른 삶을 살았다. 학교를 다니고 친구들과 밖에서 만나 노는 일은 없었다. 암막 커튼으로 빛을 가린 집에서 아빠가 가지고 오는 고장 난 기계를 뜯고 수리하는 일로 시간을 보냈다. 텔레비전에서 나오는 섬광도 해가 될지 모른다며 없애버렸다. 그러다 보니 자연스럽게 아빠가 일하는 관리부에 들어올 수 있었다.

— 나는 과학이 중요하다고 생각해서 사이언스 테크를 만들었어요. 환경오염? 인구 증가에 따른 음식 고갈. 그런 모든 걸 과학이 다 해결했어요. 여기에 살고 있는 과학자들이 연구하는 것들로. 밖을 봐요.

박사는 베란다 앞의 커튼을 활짝 걷었다. 하늘은 구름 한 점 없이 맑고 파랬다. 베란다 천장은 그물이 처져 있고 강한 햇빛이 내리쬐었다. 그 아래로 나무들이 정글처럼 가득했다.

— 아마, 당신 아버지가 어렸을 적엔 지구온난화다 뭐다 지구를 살려야 한단 말들을 귀에 딱지 앉듯 들었을 거예요. 하지만 지금 저 하늘을 봐요. 오염됐나요? 우리가 만들어낸 거죠. 식물들이 공기를 정화시키고 핵융합이 더 나은 자원을 주고 있어요. 과학은 우리 삶에 빛이죠.

햇볕이 내 발 바로 앞으로 다가왔다. 나는 한 걸음 뒤로 물러났다.

— 과학이 아무리 발전해도 해결하지 못하는 게 있을 거예요. 질병도 그렇고, 인간의 마음도.

내 질문에 박사는 목젖이 보이게 호탕하게 웃었다. 나는 그녀가 오만하게 느껴졌다. 수리를 하며 만났던 과학자들이 떠올랐다. 그들의 연구로 인해 관리부가 하는 일이 얼마나 많은가.

— 해결하지 못할 과학이란 없어요. 인간의 질병 따윈 더…….

박사는 한숨을 쉬고 덧붙였다.

— 가능하지만 하지 않는 거죠.

— 인간의 마음은요? 또 과학으로 해결했다고 해도 다른 문제점이 생길 거예요. 완벽한 해결이란 없어요.

박사는 나를 뚫어지게 쳐다봤다.

— 안 그래도 연구과제를 찾고 있었는데, 손 한번 부탁해요.

나는 왼손을 내밀었다. 박사가 옆에 있는 선인장의 가시 하나를 떼 내 중지를 찔렀다. 나는 순식간에 일어난 일이라 당황스러워 아픔도 느껴지지 않았다. 중지에 빨갛게 피가 맺혔다. 박사는 가시를 뒤집어 중지에 가져다 댔다. 작은 가시 잎이 뱀파이어처럼 피를 머금었다.

나는 집으로 돌아와 선반 위에 올리브 화분을 놓았다. 나무는 연초록 잎으로 가득했다. 백발의 박사가 내게 아빠를 건네며 해결했다고 말하는 장면이 계속 떠올랐다. 고마운 마음이 들다가도 그녀의 오만한 웃음소리가 귀에 거슬렸다. 중지도 살짝 아려왔다.

그 일이 있고 보름이 지나 감색 양복을 입은 남자가

나를 찾아왔다. 그날은 A/S 호출이 없어 관리부에서 대기하고 있었다.

— 경영지원팀의 변호사 김진태입니다. 최수린 기사님. 35층 경영팀으로 동승 부탁드립니다.

진공관을 이용한 캡슐에 올라 35층으로 향했다. 가는 동안 무슨 일인지 물었지만 남자는 아무 말도 하지 않았다.

— 인증 부탁합니다.

나는 하얀 대리석들로 이루어진 벽 앞 카메라에 눈을 댔다. 홍채인식으로 문이 열렸다. 안에는 긴 책상을 두고 맞은편에는 검은 슈트를 입은 마른 남자와 감색의 옷을 입은 건장한 남자가 앉아 있었다. 내 옆의 남자와 같은 감색 슈트였다. 경영팀의 팀복은 감색이구나.

— 얘가 최수린이야?

높고 갈라지는 목소리였다. 나도 모르게 인상을 썼다. 예의가 아닌 거 같아 서둘러 표정을 고쳤다.

— 우리 엄마랑 무슨 관계야? 배다른 딸이라도 되는 거야?

깡마른 남자가 나를 노려봤다. 쌍꺼풀 없는 긴 눈 속에 회색 눈동자가 보였다.

— 이진혁 님! 진정하십시오.

감색 양복이 중저음의 낮은 어조로 검은 슈트를 저지했다. 마른 남자의 갈라지는 목소리가 멈췄다.

— 안내 시작하겠습니다. 4902호 이사배 박사님께서 오늘 서거하셨습니다. 박사님의 유언에 따라 자귀꽃을 관리부 최수린 기사님에게 보내겠습니다. 확인 부탁드립니다.

내 옆에 앉은 경영팀 남자가 패드의 안내문을 내게 내밀었다.

— 저 여자가 뭔데 나와 같은 걸 주는 거야.

갈라지는 목소리가 또 들려왔다. 나는 귀 뒤에 있는 전자 스킨 E-헤드폰을 만졌다. 낮게 울리는 목소리로 변조됐다.

— 이게 어떻게 된 건지 잘 모르겠습니다.

— 잘 들어. 우리 엄마가 이사배 박사. 이 건물을 만든 사람이라고. 오늘 아침에 죽었어. 그런데 너한테도 유산을 준다는 거잖아. 무슨 관계야? 플랜트장까지 아들인 나한테가 아니고 너한테 가는 게 아무래도 이상하잖아. 이틀 전에 갑자기 유언장에 네 이름이 추가됐데. 그리고 나한테는 뭐? 자귀? 자귀꽃?

낮게 울리는 목소리가 건방진 말투를 듣기 좋게 만들었다. 그의 각진 턱과 어울리지 않았지만 쳐다보지 않

229
자귀꽃

으면 정중하게 들렸다. 나는 고개를 돌려 경영팀 남자를 쳐다봤다.

— 이걸 꼭 받아야 하나요?

— 거부하실 수도 있습니다. 다만 이사배 박사님의 과학 자료가 들어간 유산이므로 거부 시 포인트 감점이 상당할 거로 예상됩니다. 그러면 사이언스 테크에서 나가셔야겠죠.

난 한숨을 쉬고 패드 카메라에 홍채를 맞췄다.

* * *

저녁이 되자 관리부 정원팀에서 화분 두 개를 놓고 사라졌다. 선반 위에 화분 세 개가 나란히 놓였다. 올리브 나무 두 개와 특이한 모양의 꽃을 가진 화분이었다. 끝만 붉은 하얀 솜털을 가진 꽃과 그 밑으로 작은 잎들이 두 줄로 서로 마주 보았다. 잎의 왼쪽에는 노란 선이 오른쪽에는 주황 선이 그어져 있었다.

나는 카메라 인식 기능을 켰다.

— 자귀꽃. 낮이 되면 잎이 열리고 밤이 되면 잎이 닫힌다. 따라서 자는 시간을 귀신같이 맞춘다고 해 자귀라는 이름을 쓴다는 설이 있다. 음양 합일 목. 사랑 목.

낮에는 일 때문에 떨어지고 밤에는 일—**자세한 사항은 19 성인 인증 후 가능합니다**—때문에 합치는 부부의 모습을 닮았다 하여 부인들이 좋아하는 꽃으로 알려져 있다.

설명을 읽고 자귀꽃을 살폈다. 마침 좌우로 뻗어있던 잎들이 가운데로 모이는 중이었다. 시계를 보니 저녁 6시였다. 화장 솔을 벌려놓은 듯한 솜털 꽃들도 오므라들었다. 그때 땀 냄새 같은 향이 났다. 싫지 않았다. 순간 불꽃이 머리를 관통하는 듯했다. 나는 서둘러 앉을 곳을 찾았다. 뜨거운 기운이 몸 아래로 내려가는 게 느껴졌다. 온기가 내 몸을 어루만지듯 돌아다녔다. 35층에서 만났던 깡마른 남자가 생각났다. 홍채 인식을 위해 카메라를 바라보던 회색 눈동자, 패드를 잡고 있는 그의 얇고 긴 하얀 손가락이 눈앞에 어른거렸다. 나는 강하게 고개를 저었다. 숨이 점차 가빠왔다. 침대에 누워 눈을 감았다. 주름 하나 없는 남자의 손이 내 가슴을 어루만져주는 듯했다. 허벅지 부위가 뜨거워졌다.

남자의 날카로우면서 찢어진 목소리를 생각하려 노력했다. 진정되지 않아 욕실로 향했다. 옷을 입은 채 쏟아지는 샤워기 물 아래 서 있었다. 정신을 차리기 위해 온도를 -5도로 맞췄다. 사배 박사의 거만한 자세와 남자의 노려보던 눈빛을 상기했다. 그의 회색 눈동자. 손바닥으로는 허벅지 안쪽을 문질렀다.

다음 날 아침은 기분이 좋지 않았다. 전날 찬물 샤워와 밤새 몸을 돌아다니는 온기와 진혁이란 남자의 환영이 뒤섞여 제대로 잠을 잘 수 없었다. 관리부는 소란스러웠다. LED 패널 앞에 기사들이 모여 웅성거렸다.

— 너 무슨 일 있어? 이것 좀 봐라.

관리부 A/S 신청. 레벨 7. 최수린. 2801호 태양광 패널-교체 / 3607호 벽 풍력기-오작동 / 2303호 벽체 폭포-이물질 보임 / 1607호 천장 앨리-전원 오프 / 4006호 뷰 패널-음량 조절 불량……

상담 프로그램에 오류가 있는 게 분명했다. 모든 수리 요청이 내게 연결됐다. 건물 밖의 태양광 패널이나 층마다 돌아가는 풍력기, 벽체로 흐르는 폭포는 관리부 외관 소속이었다. 신청을 거부하거나 타인에게 돌리면 감점이 된다. 나를 쫓아낼 작정인가. 이사배 박사의 아들이 떠올랐다.

— 해킹이 있었대. 오늘은 어쩔 수 없다고 하는데 이걸 어쩌냐.

— 괜찮아요. 외관부로 돌릴 수 있는 것만 부탁할게요.

팀장과 상의하는 동안에도 수리 요청이 이어졌다. 나는 장비 가방을 열고 덤덤한 마음으로 장비를 챙겼다. 손때가 묻은 부분은 클리너로 문질렀다. 1607호부터 해결하자. 건물 외부는 도저히 해결할 수 없다. 패드를 들었다. 화면이 주황색으로 깜빡거렸다. 2,000점 아래로 내려가면 사이언스 테크를 나가야 한다. 내 포인트는 3,000점. 위험하다. 과학자들은 집에서 폭탄이 터져도 연구지원비를 지급하는데 수리기사는 한 번의 실수가 500점에 달하는 감점의 요인이 된다. 이곳에 들어오려 대기하는 지원자가 넘치기 때문이다.

점심도 거른 채 열다섯 건의 수리를 마쳤다. 오후 6시가 넘었다. 아직도 열 건이 넘는 수리 요청이 나를 기다렸다. 야근 신청을 하면 점수가 오르려나. 사이언스 테크의 내부는 24도로 온도가 고정됐지만 등을 타고 식은 땀이 흘렀다. 갑자기 패드에서 사이렌 소리가 울렸다.

레벨 7. 최수린. 4901호 뷰 패널-소리 오류. 긴급 수리 요청.

거부 버튼을 누를까. 50층은 공용 텃밭이다. 49층은 알파 1호와 베타 2호뿐이다. 다섯 개의 집을 합쳐 사용할 수 있는 사람은 그들뿐이다. 거만한 박사와 찢어지는 목소리의 아들. 마주치고 싶지 않은 마음이 들었지만 포인트가 주황색으로 경고를 알렸다. 오늘 수리한 곳 중에 조금이라도 문제가 생기면 감점이 발생한다. 쫓겨나기까지 1,000점. 하이퍼루프에 올랐다.

— 안녕하세요. 수리기사 최수린입니다.

— 어서 오세요. 저는 가정부 앨리입니다. 오늘 방문을 환영합니다. 주의사항을 안내드리겠습니다.

나는 귀 뒤에 E-헤드폰을 작동시켰다. 과학자들이 만든 테스트용 중에 가장 마음에 드는 제품이었다. 밴드형으로 피부에 붙이는 헤드폰이다. 뇌에 흐르는 전자 신호를 감지하여 타인의 목소리 변경이나 노이즈 캔슬링이 가능했다. 나는 앨리의 목소리를 차단시켰다. 홀로그램으로 안내원 복장의 가정부가 입만 벙긋거렸다. 고장 난 뷰 패널을 찾으려 거실을 향한 긴 복도를 걸어들어갔다. 어제 집에서 맡았던 땀 냄새 같은 향이 풍겨왔다.

— 너…… 너, 나한테 뭐한 거야?

찢어지는 목소리였다. 나보다 한 뼘 정도 큰 남자는 나를 기다리기라도 한 듯 거실 입구에 서 있었다. 나를 노려보는 남자의 눈이 붉게 충혈돼 있었다. 그 역시 전날 잠을 못 잔 듯했다. 나는 반걸음 물러나며 침을 삼켰다. 시선을 피하려 했지만 지방이라고는 없는 남자의 턱에 눈길이 갔다. 턱이 좌우로 갈라져 파여 있었다. 화가 난 목소리로 내게 뭐했냐고 재차 묻는 남자의 턱이 섹시하게 움직였다.

— 뭐…… 뭐 하는 거야.

남자가 내 손을 움켜잡았다. 나도 모르게 남자의 턱을 향해 손을 뻗고 있었던 거다. 그의 손은 따듯했다. 그 온기가 내 몸을 타고 흘렀다. 안돼. 나는 어제 나타났던 환상이 떠올랐다. 숨이 가빠졌다. 남자의 침 삼키는 소리가 크게 들렸다. 우린 입을 맞추었다. 머릿속으로는 계속 안 된다고 되뇌었다. 하지만 남자가 내 목을 어루만지고 작업복인 점프슈트를 벗겨 허리를 감싸 안는 동안 가만히 있을 수밖에 없었다. 머리에서 불꽃이 터지며 온몸에 전류가 흘렀기 때문이다.

— 보고 싶었어. 보고 싶었어. 보고 싶었어.

날카로운 목소리. 나는 도저히 참을 수 없어 귀 뒤를 터치했다. 목소리가 굵게 울렸다. 눈을 감았다. 보고 싶었다는 그의 말이 섹시했다. 남자가 나를 복도에 세워 팔을 위로 올렸다. 온몸을 따듯한 입술로 더듬었다. 허벅지까지 훑었다가 다시 입술로 올라왔다. 남자가 나를 뒤로 돌렸다. 복도를 따라 길게 이어진 디스플레이 화면에선 밧줄에 묶인 여자가 봉을 잡고 춤을 췄다. 밧줄은 목을 감고 가슴 밑을 두른 후 다리 사이에서 매듭짓고 있었다. 벗은 여자의 글래머러스한 몸매가 더 부각됐다.

— 앨리 씌워도 돼?

남자의 굵고 섹시한 목소리가 속삭였다. 나는 고개를 끄덕였다. 내 손 위에 홀로그램이 덧씌워졌다. 바짝 깎은 손톱 위로 빨간 매니큐어의 긴 손톱이 겹쳤다. 앨리 영상이 내 행동에 맞춰 움직였다. 남자의 앞가슴이 등에 닿았다. 온기가 짜릿하게 온몸을 타고 흘렀다. 허벅지 사이로 남자의 물건이 들어왔다. 뷰 패널에서는 남녀의 신음이 울렸다. 그 소리가 나를 더 흥분시켰다. 남자 역시 그런 듯 몸놀림이 격렬해졌다. 우린 그렇게 한동안 서로를 탐닉하는 시간을 보냈다.

* * *

팔이 따가웠다. 빛이 거실 창을 통해 진혁과 내가 누워 있는 소파 위로 떨어졌다. 나는 진혁에게 안겨 있었다. 그의 팔을 조심스럽게 들었다. 빛이 닿은 내 피부가

벌써 붉게 부풀어올랐다. 서둘러 소파에서 벗어나 그늘
진 곳에서 점프슈트를 입었다. 가정부 앨리가 눈앞에서
입을 벙긋거렸다. 잔소리겠지. 차단을 풀지 않은 채 장
비를 챙겨 진혁의 집을 나왔다.

관리실에 들렀다 집으로 왔다. 어제 무리했다며 휴가
로 하루를 빼줬다. 침대에 누워 어제 있었던 일을 떠올
렸다. 얼굴이 화끈거렸다. 아빠의 올리브 나무와 눈이
마주쳤다. 아빠를 뒤로 밀고 박사의 올리브 나무를 당
겼다. 팔이 따끔했다. 연고가 있는지 찾았지만 없었다.
평생을 조심했는데. 베타 테스트 물건을 검색했다. 화상
습윤 스킨이 있었다. 급하게 드론으로 받았다. 밴드를
붙이자 통증이 사라졌다. 피부와 같은 재질로 땀구멍까
지 보였다. 하지만 밴드의 끝부분의 선이 가짜 피부란
걸 선명하게 느끼게 했다.

남은 스킨을 서랍에 넣고 한숨을 길게 쉬었다. 내게
무슨 일이 벌어지고 있는 건지. 이사배 박사를 만나고
부터 이상한 일들이 발생하고 있다. 박사는 왜 아들인
진혁에게 플랜트장을 주지 않고 나한테 준 걸까. 나는
박사의 올리브 나무를 찬찬히 살폈다.

가장 아래쪽에 있는 잎사귀에 QR코드 같은 검은 점
들을 발견했다. 나는 QR코드 검색을 실행했다. 패드에

파일들이 펼쳐졌다. 이사배 박사의 연구 파일이었다. 1,000개가 넘는 파일들 속에서 박사의 얼굴이 썸네일로 있는 동영상을 실행했다.

─ 카르테 헤나 법, 생명윤리법 준수. 배아는 물론이고 태아에 대한 유전자 치료는 금지하겠습니다.

박사가 오른손을 들고 선서했다. 유전자 치료. 나는 오른팔에 붙여진 밴드를 봤다. 팔꿈치 아래부터 손목까지 길고 넓었다. 잠깐의 빛으로 이렇게까지 되다니. 내 팔을 감싼 진혁의 팔은 달랐다. 하얀 피부가 빛을 받아 투명하게 반짝였다.

나는 연구 파일을 훑었다. 박사는 식물학자였다. 그녀의 연구는 사이언스 테크의 입주 전과 후로 크게 바뀌었다. 입주 전에는 자연 변이를 활용했다. 세대를 거듭 교배시켜 자연적으로 변이를 기다렸다. 그 결과 병충해에 강한 잎사귀를 기하급수적으로 늘린 화초를 개발했다. 이산화탄소 흡수량과 내뿜는 산소량이 기존 나무의 10배에 달했다. 공기정화에 도움이 되는 식물이었다. 포름알데히드, 휘발성 유기화합물, 일산화탄소를 제거하는 식물까지 연이어 개발했다. 음이온과 좋은 향을 내는 화초를 상품으로 내놓았다. 거리의 가로수가 은행나무에서 박사의 공기정화 나무로 교체됐다. 식목일마다 사배 박사의 변이 나무가 늘어갔다. 그렇게 부를 쌓아 사이언스 테크를 만들었다.

사이언스 테크에 입주 후에는 더 다양한 변이 나무를 만들어냈다. 유전자 가위인 크리스퍼 - 캐스9을 활용했다. 유전자 변형으로 모기 잡는 식물, 병충해에 강한 야채를 재배했다. 벼농사부터 밭농사까지 그녀의 식물로 먹거리가 넉넉해졌다. 그 후 동물의 유전자를 식물에 집어넣는 단계에 진입한다. 아이비 덩굴에 심해어 유전자와 색소를 넣어 빛 감지에 따라 잎의 색이 붉은색에서 보라색까지 변했다. 산세비에리아에는 문어의 신경세포를 넣어 잎사귀가 공기의 움직임 따라 흐느적거렸다.

연구자료 마지막에 '인간의 마음'이란 폴더가 있었다. 그곳엔 유전자 가위에 대한 자세한 설명과 유전자 치료, 호감에 관한 자료로 가득했다. 인간 유전체 - 게놈 프로젝트 안에 나, 그리고 자신의 아들인, 이진혁의 이름이 있었다. 안에는 A, T, G, C 라는 네 개의 알파벳이 가득했다. 알파벳이 무엇을 말하는지는 모르겠지만 '자귀꽃 프로젝트'는 이해했다. 자귀꽃의 양 잎에 내 DNA와 진혁의 DNA를 넣었다.

벌어졌던 자귀꽃이 오므라들고 펼쳐져 있던 좌우 잎

이 하나로 겹쳐졌다. 땀 냄새 같은 시큼한 향기가 풍겨왔다. 내 머릿속에 또다시 불꽃이 일어났다. 패드에서 나를 부르는 사이렌 소리가 울렸다.

4901호 문이 열리자 진혁이 나를 끌어안았다. 나는 진혁과 키스하는 동안 DNA, 유전자, 유전자 치료, 유전자 가위, 크리스퍼 - 캐스 9라는 단어들이 머릿속에서 또렷하게 스쳐갔다.

그 후로 시간이 날 때마다 박사의 연구자료를 공부했다. 프로그래머인 진혁이 내게 오는 수리를 다른 사람에게 돌려 시간이 넉넉했다. 유전병 치료는 유전자를 편집하는 방법뿐이었다. 편집 방법은 두 가지였다. 하나는 이미 태어난 유전자를 편집하는 거다. 그리고 다른 하나는 수정란을 편집하는 방법이다. 둘의 차이는 유전이 되냐 안 되냐의 차이였다. 태어난 생물인 나를 편집하면 그 세대, 즉 나만 치료된다. 하지만 수정란을 편집하면 내 자식 세대로 유전되면서 그 병이 나타나지 않는 거였다.

우선 내 유전자를 편집해보기로 했다. 생각보다 간단한 작업이었다. 우선 내 피를 뽑는다. 그리고 페트리 접시에 뽑은 피와 유전자 가위인 크리스퍼 - 캐스9을 뿌린다. 내 몸에 손상돼 있는 부분을 크리스퍼에 알려주면 캐스9 효소가 그 부분을 바이러스로 인식해 잘라낸다. 나는 진혁의 DNA가 담긴 피를 넣어줄 생각이다. 그러면 잘린 부분은 진혁의 정상적인 DNA로 대체된다. 3일 동안 세포 배양 인큐베이터에서 증식된 세포를 다시 내 몸에 수혈하면 끝이다. 그러면 나는 더 이상 빛이 두렵지 않게 된다. 진혁과 함께 아침을 맞이할 수 있다. 사이언스 테크 밖의 세상으로 한 발짝 나아갈 수도 있다. 내 유전 정보는 박사가 아빠의 올리브 나무를 분석했던 자료가 있어 어렵지 않았다.

눈을 떴을 때 온몸에 싸늘한 기운이 감돌았다. 건물은 여전히 24도였다. 전날 진혁과 욕조에서 관계를 해 그런가. 관리부 문을 열자 기사들의 몸에서 나는 냄새들이 역했다. 보디로션의 베이비크림 향이 인공적으로 느껴졌다. 서둘러 장비를 챙겨 나왔다. 3707호였다. 문이 열리자 홀로그램 가정부 앨리가 나타났다. 집의 주의사항을 들으며 복도를 걸었다. 그때 갓 지은 밥 냄새가 풍겨왔다. 속이 울렁거렸다. 빈속이라 구토를 해도 나올 게 없었다. 음성 인식으로 공기 청정을 명령했다. 하지만 밥 냄새는 세균이 있거나 역한 냄새가 아니었다. 나는 그 집을 뛰쳐나왔다. 감점 알람이 울렸다.

* * *

다른 곳의 수리를 끝내고 기진맥진한 상태로 집에 도착했을 때 작업 중 구매한 물건이 집 앞에 배송돼 있었다. 화장실에서 작은 플라스틱 통에 소변을 받았다. 뚜렷한 붉은 하트가 나타났다.

— 아, 아~악!

내 삶에 임신이란 단어는 없었다. 엄마는 나를 낳다가 죽었다고 아빠가 말했다. 그래도 보물인 내가 있어 다행이라며 슬픈 표정으로 내 머리를 쓰다듬은 적이 있다. 테스트기를 들고 집안을 돌아다녔다. 하필 내 삶이 한 발짝 나아간다고 생각한 이 순간 임신이라니. 유전자 편집을 거친 피를 수혈한 후 내 몸에 일어날 변화를 나조차도 알지 못한다. 임신까지 한 상황에 혹시라도 문제가 생기면. 이빨로 아랫입술을 꽉 깨물었다. 정신을 차려야 한다. 아프지 않은데 눈물이 났다. 진혁에게는…… 아직 아니다.

사이렌 소리가 울렸다. 진혁이었다. 그는 내 몸을 계속 뒤로 돌렸지만 그때마다 나는 다시 돌아 진혁의 얼굴을 유심히 살폈다. 앨리가 씌어 있긴 하지만 나를 사랑스럽게 쳐다보는 회색 눈동자, 보고 싶었다고 말하는 입술, 깊게 파인 그의 턱, 그리고 가늘고 하얀 손. 섹시하다. 이런 감정은 누군가 만들 수 있는 게 아니다. 나는 진혁을 힘 있게 끌어안았다. 그의 숨소리가 나를 더 흥분시켰다. 나는 남자의 어깨를 깨물었다. 피가 맺혔다. 관계가 끝내고 자는 진혁의 어깨에 번진 피를 닦아 챙겼다.

거실로 나가 진혁이 사용하는 컴퓨터의 전원을 켰다. 다행스럽게 비밀번호가 걸려있지 않았다. 비밀번호가 있어도 홀로그램 앨리가 풀어줄 거라 생각했다. 바탕화면에서 렌즈 모양을 찾았다. 하이룩 프로그램을 클릭했다. 과학자들이 자신의 집에서 분주하게 움직이는 게 보였다. 그들의 작업실에 CCTV가 설치돼 전부 녹화되고 있었다.

이사배 박사가 어떻게 죽었는지 물었을 때 진혁은 작업실에서 약을 먹고 자는 게 다였어라고 말끝을 흐렸다. 수면제인 줄 알았다고 말하는 그의 눈가에 눈물이 맺혔다. 약을 먹고 소파에 누웠다는 말이 옆에서 본 것처럼 들렸다. 여러 번 물으니 과학자들 집 곳곳에 숨겨진 CCTV가 달려 있다고 알려줬다.

날짜를 한 달 전으로 맞추고 4902호를 찾았다. 박사가 아빠를 고칠 때 사용한 크리스퍼 - 캐스9이 필요했다. 날짜를 앞으로 돌려가며 애드썬이란 사이트에서 유전자 가위를 구매한 내역을 확인했다.

애드썬 홈페이지에 접속했다. 유전자 가위가 연구 재료로 사용 시엔 무료라는 공지가 떴다. 녹화돼 있는 박사의 연구실 동영상을 확대해 로그인을 했다. 크리스퍼 - 캐스9의 구조와 도식 정보가 존재했다. 재구매를 클릭하며 배송 주소에 사이언스 테크 805호를 입력했다.

이제 다른 도구들이 필요했다. 포인트 7,000점. 필요한 도구들을 구매하기엔 부족한 포인트였다. 내시경과 현미경, 페트리 접시, 인큐베이터, 흡입기. 과학자들에겐 필수적인 게 내겐 없었다. 지하 5층으로 향했다. 층마다 연결된 튜브로 쓰레기가 모이는 곳이다. 컨베이어 벨트가 움직이는 모터 소리와 천장에 설치된 자석에 철이 붙는 소리가 시끄러웠다. 나는 E-헤드폰을 켜 소리의 주파수를 조절했다. 그리고 음악을 덧입혀 모터는 베이스로 철이 붙는 소리는 드럼으로 변음해 하나의 곡으로 만들었다.

필요한 제품들을 살폈다. 끈이 떨어진 VR 기계, 깨진 유리 뷰 패널, 날개 하나가 부러진 드론, 앨리 홀로그램 박스와 긴 호스를 주웠다. 수리하거나 변경하면 원하는 도구로 바꿀 수 있다. 이물질이 껴 있는 2mm의 호스를 살균 소독한 후 유리 패널을 끼웠다. 코드 넘버로 홀로그램 박스에 접속했다.

나는 작업실을 소독액이 묻은 부드러운 천으로 닦아 냈다. 소홀히 할 수 없는 부분이었다. 드디어 리클라이너 의자에 앉았다. 천천히 심호흡을 했다. 2mm 내시경 두 개를 연결한 호스를 질 안으로 집어넣었다. 질 안의 모습이 홀로그램으로 눈앞에 선명하게 나타났다. 곱창 같다고 생각했다. 수정란의 위치를 찾았다. 리모컨으로 같은 주파수에 연결된 흡입기를 작동시켰다. 수정란이 조심스럽게 흡입기 안으로 빨려들어왔다. 손에 땀이 나 리모컨이 살짝 미끄러지면서 호스 앞부분이 자궁을 찔러 상처를 냈다. 하지만 괜찮았다.

배양액이 담긴 페트리 접시에 수정란을 놓고 크리스퍼 - 캐스9을 뿌렸다. 과학은 빛이라던 이사배 박사의 말이 떠올랐다.

— 고장 나는 건 문제가 아니야. 하지만 수리하지 못하는 건 문제지.

아빠가 매일 아침 출근 전 흐트러진 내 머리카락을 정리하며 하던 말이었다.

수정란과 배양액, 크리스퍼 - 캐스9, 진혁의 부분 DNA가 들어있는 페트리 접시를 냉장고에 넣었다. 냉장고를 38도 인큐베이터로 만들었다.

3일의 시간이 지나 다시 리클라이너에 앉았다. 수정란을 제자리로 돌려놓기 위해서였다. 호스를 내뱉는 호흡에 맞춰 천천히 밀어넣었다. 수정란을 자궁으로 내보냈다. 며칠 전 상처 난 부분이 아물며 수정란이 쉽게 붙었다.

성공이었다. 석 달이 지나자 배가 묵직한 기분이 들었다. 병원에 갈 때마다 진혁은 따라왔다. 긴장한 표정으로 초음파 영상에서 눈을 떼지 않았다. 입술이 마른지 자주 침을 묻혔다.

— 첫 아이라서 긴장되시나 보네요. 아이는 잘 크고 있습니다. 목덜미로 기형아 검사를 실시했는데, 목덜미 투명대와 뇌실을 확인한 결과 괜찮습니다. 혹시 더 자세한 검사를 원하시면 피검사와 유전자 검사가 있습니다.

나는 배 위에 축축한 젤을 닦아내며 진혁에게 유전자 검사를 하고 싶다고 했다.

— 보통은 니프티라는 피검사로 기형아, 특히 다운증후군같은 건…….

— 피검사 말고요. 유전자 검사를 하고 싶어요.

나는 급한 마음에 간호사의 말을 잘랐다. 간호사는 기분 나쁜 듯 짧게 숨을 내쉬며 나의 진료 차트를 확인

했다. 그리고 터치펜으로 액정 화면을 탁탁 세게 두드
렸다. 대기실에서 잠시 기다리자 검사실에서 내 이름을
불렀다.

— 초음파를 보면서 양수 안으로 주사를 집어넣고 아
기의 피를 조금 빼는 작업입니다. 시술 후 유의사항을
읽으시고 홍채 부탁드립니다.

긴 주삿바늘이 들어가자 뱃속의 아기가 살짝 움직였
다. 그 모습이 귀여우면서도 안타까웠다. 주사 부위 지
혈을 위해 간호사가 세게 눌렀다. 주삿바늘보다 더 아
팠다. 나와 진혁의 입안을 긁어 구강세포를 채취하는
게 검사의 마지막 과정이었다

얼마 후 유전자 결과 검사지가 아니라 상담 공지가
떴다. 상담 장소가 유전자 서열 검사실이 아니라 식물
체 생장실이란 곳이었다.

진혁과 나는 긴장된 상태로 문을 열고 들어갔다. 처
음 눈에 들어온 건 벽에 걸려 있는 이 사배 박사의 초상
화였다. 붉은 가죽 재킷을 입고 허리에 손을 올린 당당
한 자태였다. 그 아래로 하얀 연구복을 입은 여자가 커
다란 책상을 두고 앉아 있었다. 그녀는 우리에게 앞의
의자 앉으라는 듯 손을 내밀었다. 의아한 표정으로 앉
았다. 책상 앞에 네 개의 화분 때문에 그녀의 얼굴이 잘

보이지 않았다.

— 안녕하세요. 저는 식물 생장 연구원 이호림 박사입니다. 사배 박사님과 협력자였죠.

그녀는 책상에서 일어나 우리 앞으로 다가왔다. 그리고 다른 설명 없이 눈앞에 있는 작은 화초 두 개를 나와 진혁에게 하나씩 안겨줬다.

— 냄새 맡아보세요.

화초에게서 악취가 코를 찔렀다. 팔을 최대한 길게 뻗어 화초를 멀리했다. 옆을 보니 진혁도 얼굴을 찡그린 채 같은 자세를 취하고 있었다. 연구원은 웃으면서 화초를 가져다 책상 위에 올렸다. 그리고는 같은 잎을 가진 옆 화분을 나와 진혁에게 다시 줬다. 그리고는 다시 향을 맡으라고 했다. 나는 맡고 싶지 않았지만 그녀가 시킨 대로 했다. 화초에 코를 조금씩 가까이 가져갔다. 같은 잎을 가졌지만 향은 전혀 달랐다. 이번엔 달콤하면서 부드러웠다. 계속 맡고 싶은 향이었다.

— 좋죠?

그녀의 말에 진혁을 쳐다보니 그 역시 만족스러운 표정이었다.

— 이사배 박사와 제가 연구하고 있는 거였어요. 인간은 유전적으로 자신과 반대되는 유전자를 원해요. 그걸

어떻게 찾느냐 알아봤더니 바로 냄새였어요.

그녀는 화초를 가져다 책상 위에 놓으며 말했다.

— 그걸로 우린 뭘 했느냐. 저희가 한 작업은 바로 향과 DNA의 결합입니다. 큐피드 프로젝트였어요. 유전자에서 나는 냄새를 변형시키는 거죠. 사랑을 원하는 사람의 DNA를 알기만 하면 그 사람이 원하는 반대되는 냄새를 내 유전자를 가진 식물에 주입합니다. 그럼 화초나 꽃향기를 맡기만 해도 내 DNA와 결합해 내가 생각나는 거죠.

그녀의 말에 자귀꽃이 떠올랐다. 진혁과 눈이 마주쳤다.

— 원래라면 두 분은 절대 만나면 안 되는 유전자였어요. 처음 맡았던 화초가 서로의 유전자를 그대로 집어넣은 향입니다. 각자 문제가 있는 유전자거든요. 아시죠?

나는 그녀의 말에 팔에 붙어 있는 화상 습윤밴드를 만졌다. 진혁의 유전자에 문제가 있다고? 안 그래도 창백한 진혁의 얼굴이 더욱 핏기를 잃었다.

— 둘 다 비슷한 문제가 있어요. 한 명은 포르피리아증으로 빛에 과한 반응을 보이죠. 그리고 다른 한 명은 알비뇨로 멜라닌 색소가 심하게 부족한 거죠. 두 분은 정상적인 유전자를 찾게 돼 있어요. 두 번째 화초의 유전자 향이 그거죠. 하지만 그들과 결합해도 자신들의

병은 해결되지 않아요. 유전될 뿐이에요. 그런데 사배 박사가 두 분의 유전자를 결합해 보더군요. 그랬더니 특별히 빛에 강한 유전자로 변형이 일어났어요. 그런데 돌연 마지막에 사배 박사는 실험을 허락하지 않더군요.

그녀는 연구복 호주머니에 두 손을 집어넣고 초상화 속 사배 박사에게 시선을 오래 뒀다. 나와 진혁은 그녀의 말에 오래 침묵했다. 진혁은 어머니의 죽음에 대해 생각하는 듯했고 나는 내가 한 짓을 생각하느라 그랬다.

그녀가 유전자 검사 결과지를 내밀었다. A, C, T, G 이제는 익숙한 알파벳들이 보였다.

게놈 프로그램 읽기 완료. 보호자 최수린/이진혁. 109874호 유전자 변이 발견. 희귀종으로 정식 명칭 없음. 흑색 돌연변이체. 알비노 현상에 반하는 유전자 변이 발견. 작은 빛에도 흑색 소포 멜라닌이 극심하게 발생함. 변이 등록 완료.

— 예상치 못하게 돌연변이가 일어났어요. 실험을 중지해야 합니다.

나는 실험 중지란 말에 그녀를 향해 간절한 눈빛을 보냈다. 할 말이 입 안에서 맴돌았지만 내뱉을 수 없었다. 내가 수정체에 손을 대는 바람에 진혁의 세포가 두 번 들어간 사실을.

나는 그녀가 권하는 대로 중절 수술을 결정했다. 수술실을 나와도 슬프지 않았다. 처음부터 다시 시작하면 된다. 오히려 방법을 찾아 다행이었다.

집으로 돌아와 침대에 누웠다. 사이렌 소리가 어렴풋하게 들려왔다. 나는 진혁이라 생각했다. 몸이 아파 그런지 진혁이 더 보고 싶었다. 하지만 시계를 보니 아침을 알리는 알람이었다. 침대에 앉아 있으니 방이 허전하게 느껴졌다. 그러다 문득 선반 위에 화분 하나가 보이지 않는 걸 알았다. 자귀꽃이 사라졌다.

나는 서둘러 4901호로 향했다. 문을 두드렸지만 아무런 인기척도 들리지 않았다. 홍채를 인식했지만 거부됐다는 소리만 들려왔다. 패드에선 무단결근이라며 포인트 감점 알람이 울렸다. 나는 하이퍼루프에 탔다. 하이퍼루프는 관리실을 향해 끝없이 아래로 내려갔다.

작가의 말

처음으로 소설을 적었을 때가 떠오른다. 로버트 F. 영의 「시간을 멈춘 여자」를 읽은 후였다. 내 생각을 한 스푼 추가해 유혹하는 남녀의 성을 바꾸고 알타이르라는 외계 행성의 세계관을 조금 수정하는 정도였다. 그래도 그 공상을 하느라 히쭉거린 시간들이 참으로 즐거웠다.

이번 작품 역시 내가 보고 듣고 알고 있는 내용들을 엮어 아이디어를 몇 개 추가해 만들었다. 나와 남편의 유전자를 가지고 태어난 아이들을 바라보며 작은 차이가 만들어내는 진화와 변이에 신기함과 경이로움을 느낀다.

영화 「아이언 맨」처럼 각성한 과학자들이 많아져 지구의 많은 문제를 해결해주기를 바라는 마음으로 적어나갔다.

글을 적을 때마다 생각한다. 다른 이의 생각에서 한 걸음 나아가기를. 누구도 범접할 수 없을 만한 대작이 아니라 읽은 이들의 마음속에 작은 씨앗, 마중물이 되는 글이 되기를 말이다.